KNUT, HEINZ, SCHORSCH UND DiE ANDEREN

Sarah Hakenberg

KNUT, HEINZ, SCHORSCH UND DiE ANDEREN

Geschichten

1. Auflage 2009

© Eichborn AG, Frankfurt am Main, Januar 2009
Umschlaggestaltung: Christiane Hahn
unter Verwendung einer Illustration von Christiane Hahn
Lektorat: Matthias Bischoff
Ausstattung, Typografie: Susanne Reeh
Satz: Greiner & Reichel, Köln
Druck und Bindung: CPI – Clausen & Bosse, Leck
ISBN 978-3-8218-6074-9

Mix
Produktgruppe aus vorbildlich bewirtschafteten
Wäldern und anderen kontrollierten Herkünften
www.fsc.org Zert.-Nr. GFA-COC-001223
© 1996 Forest Stewardship Council

FSC

Eichborn Verlag, Kaiserstraße 66, 60329 Frankfurt am Main
Mehr Informationen zu Büchern und Hörbüchern aus dem Eichborn
Verlag finden Sie unter www.eichborn.de

Für den kleinen Bären

INHALT

DIE ZUGABEN

WAS MAN NACHHER WISSEN SOLLTE

WAS MAN VORHER WiSSEN SOLLTE

Vorwort

In der mittleren Schublade meiner Kommode befindet sich ein Mehlhäufchen. Ich staune. Was macht wohl ein Mehlhäufchen in der mittleren Schublade meiner Kommode? Will mir das Mehlhäufchen etwas sagen? Sarah, back doch mal wieder Kuchen?

Am nächsten Tag untersuche ich das Häufchen genauer. Mir scheint, es ist über Nacht etwas größer geworden. Im Inneren der Schublade entdecke ich winzige Löcher. Aha, so ist das! Es handelt sich bei dem Mehlhäufchen also gar nicht um ein Mehlhäufchen, sondern um Holzwurmsägemehl.

Ich gebe bei Google »Holzwurm« ein und staune erneut: So ein Holzwurm frisst bis zu acht Jahre lang Holz in sich hinein, bis er endlich ausgewachsen ist und mit einer Holzwurmfrau Holzwurmkinder machen kann. So wie meine Freundin Heike. Sie fährt ihr Würmchen jeden Tag im Kinderwagen durch den Park und zeigt es allen, die es sehen wollen.

Mein Holzwurm ist noch nicht auf der Entwicklungsstufe angelangt, auf der sich Heike befindet. Nachts höre ich ihn jetzt immer knabbern. Er muss sich noch ein bisschen weiter durchs Leben fressen und dabei viel Holzwurmsägemehl produzieren. Dann kann er stolz einer Holzwurmfrau sein Häufchen zeigen und sagen: »Guck her, was ich gearbeitet und geschuftet habe! Einen so großen Sägemehlhaufen habe ich dem Leben hinterlassen. Jetzt nimm mich, werde meine Frau und lass uns Holzwürmchen machen!«

Bevor Heike ihr Würmchen hatte, hat sie auch ganz viel gearbeitet und Geld verdient und sich davon eine Eigentumswohnung gekauft. Die Wohnung ist sozusagen ihr Sägemehlhaufen, den sie stolz vorzeigen kann.

Ich überlege, ob ich auch etwas habe zum Vorzeigen, schließlich habe ich mich auch schon eine ganze Weile durchs Leben gefressen. Ich werde traurig. Da ist nichts.

Ach so, doch: Meine Exfreunde und Exliebhaber natürlich! 206 insgesamt – das ist auch schon ein ganz schöner Haufen.

Ich beschließe, sämtliche Geschichten meiner Exfreunde und Exliebhaber aufzuschreiben und ein Buch daraus zu machen. Damit ich auch etwas zum Vorzeigen habe.

»Guck her«, kann ich dann sagen, wenn ich irgendwann den richtigen Mann gefunden habe, »was ich schon gearbeitet und geschuftet habe! So viele Exfreunde und Exliebhaber habe ich dem Leben hinterlassen. Jetzt nimm mich und lass uns Kinder machen!«

Meine 206 Exfreunde und Exliebhaber, vereinigt in einem Buch – als mein Vermächtnis an die mittlere Schublade der Welt.

Die Geschichte,
die ich morgen schreiben werde

Mal ehrlich, Goethes »Faust« wird doch maßlos über-
bewertet. Die angeblich komplexeste Gestalt der Welt-
literatur entpuppt sich beim genauen Hinsehen als ein
von Ehrgeiz zerfressener, jedoch sehr simpel strukturier-
ter Kleingeist. Zwei Seelen wohnen, ach, in seiner Brust.
Das ist läppisch! In meiner Seele wohnen mindestens
acht.

Ich bin gemein und doch ganz nett, ich bin nervös und
äußerst gelassen, ich bin bodenständig und zugleich ver-
träumt, aber vor allen Dingen bin ich faul und ehrgeizig.
Heute morgen bin ich aufgewacht und wusste: Ich will
Karriere machen! Mein Freund wird später unsere Kinder
versorgen und Essen für sie machen und die Wohnung
putzen, und ich mache Karriere und werde berühmt.

Zum Beispiel: Als Autorin. Zur Einstimmung lese ich
ein Buch einer berühmten Autorin und denke: Ja, das
kann ich auch. Natürlich werde ich eine politische Geschichte schreiben über den Klimawandel und Hartz IV,

und die Schweiz kommt auch noch drin vor und dann noch Hitler.

Dann setze ich mich an meinen Computer und höre sein Stöhnen, weil ihn das Hochfahren so anstrengt. Ich öffne das Word-Programm, kratze mich zur Ablenkung am Kopf und schreibe: »Hartz IV ist scheiße und Hitler auch, aber der ist immerhin schon tot.«

Unzufrieden mit mir selbst, lösche ich den Satz und starre auf das makellose Weiß der leeren Seite. Dabei fällt mir ein, dass ich heute noch gar nicht bei Google meinen Namen eingegeben habe! Ich finde neun jämmerliche Einträge, schließe den Internet Explorer und widme mich wieder meiner leeren Seite. Ich bin ehrgeizig, jawohl. Ich weiß, wo ich hin will. Diese neue Geschichte wird ein Knaller, das spüre ich!

Aus Versehen gucke ich zum Fenster hinaus und sehe Sonnenstrahlen. In diesem Moment fühle ich mich plötzlich gar nicht mehr ehrgeizig, sondern unendlich faul. Ich kratze mich wieder am Kopf, damit ich nicht merke, dass ich in Wirklichkeit gar nicht schreibe, sondern mich am Kopf kratze. Erfolgreich rede ich mir ein, dass ich gerade an einer neuen Geschichte arbeite. Schließlich sitze ich vor meinem Computer und das Word-Programm ist geöffnet.

Wenn es jetzt an der Tür klingelt und meine Nachbarin steht mal wieder vor der Tür oder auch ein Überraschungsgast, mein Freund etwa oder gar ein anderer Mann, der mich eben nur mal so spontan besuchen will, dann kann ich sagen: »Ich arbeite gerade. Ich schreibe gerade eine Geschichte, mit der ich diesmal ganz sicher berühmt werde. Ich kann mich damit bei Literatur-Wettbewerben bewerben und dann gewinne ich und bekomme einen Manager!«

Und mein Freund oder der andere Mann, der mich überraschen wollte, sagt: »Mann, bist du ehrgeizig!«, und ich zucke verlegen mit den Schultern.

Aber da kommt kein Mann, nein, nicht mal mein Freund. Es bleibt still in meiner Wohnung. Ich habe mir inzwischen meine Kopfhaut aufgekratzt und fahre frustriert meinen Computer herunter. Auch das strengt ihn an. Den strengt aber auch alles an, denke ich und lege mich aufs Bett, damit mich kreative Schübe ereilen.

Zwei Stunden später wache ich auf. Draußen ist es dunkel, zu dunkel für kreative Schübe.

»Mist!«, rufe ich laut. »Mist! Mist! Mist!« Ich bekomme einen Heulanfall, weil ich so faul bin, weil mich der Ehrgeiz verlassen hat, weil ich so nie und nimmer berühmt werde. Und weil mich noch nicht einmal ein Mann spontan besuchen kam, rufe ich meinen Freund an.

»Ich kann nicht mehr«, heule ich. »Ich höre auf mit dem Schreiben. Schreiben ist Schinderei!«

»Na na«, sagt mein Freund, und ich lege auf.

Mein Freund hat nur eine einzige Seele in seiner Brust, die Ehrgeiz-Seele, und die treibt ihn an und holt alles aus ihm heraus, was da in ihm ist! Dabei fällt mir auf, dass mein Freund eigentlich viel mehr Talent zur Karriere hat als ich, und ich stelle mir vor, wie ich in der Küche stehe und für ihn koche und wasche und putze. Jetzt heule ich so richtig. Ich stelle mich vor den Spiegel und gucke mir beim Heulen zu.

Es ist ein schönes Gefühl, sich beim Heulen zuzugucken. Unter meinen Augen entdecke ich Heulfalten. Na klasse, dabei wollte ich doch immer *viel*fältig sein.

Und genau in diesem Moment wird mein Geist von einem ganz furchtbaren Gedanken erschüttert: Ein Camembert, ja, ein Camembert kann schimmeln! Ich kann gar nichts.

Ich hole aus dem Kühlschrank einen großen Camembert und esse ihn auf. Schon besser. Vielleicht ist mein Freund ehrgeiziger als ich, ja und? Dafür hat er Hämorriden.

Und dann beschließe ich: Morgen, morgen bin ich kein gespaltenes Wesen mehr, morgen lege ich meine Faulheit ab. Der Ehrgeiz wird sich ab morgen durchsetzen und ich schreibe eine Geschichte über das Waldsterben und die Globalisierung und Stalin und werde endlich berühmt. Jawohl, morgen ist es so weit!

KNUT, HEINZ, SCHORSCH UND DIE ANDEREN

RUDi

oder

Der erste Liebesbrief

Ich will heiraten. Es ist beschlossene Sache. Außerdem will ich möglichst bald ganz viele Kinder bekommen.

In der Schule hat uns heute unser Lehrer von einer Frau erzählt, die arbeitet und auf diese Weise selbstständig ihr Geld verdient. Diese Frau sei sehr modern, sagte er, aber auch sehr unglücklich. Seine Frau hingegen würde nicht arbeiten gehen, aber dafür seine fünf Kinder versorgen und das Haus putzen und Wäsche waschen und kochen. Seine Frau, meinte unser Lehrer, sei zwar unmodern, aber dafür auch sehr glücklich. Deshalb empfahl er uns Mädchen, möglichst schnell zu heiraten und, wenn wir groß sind, auch viele Kinder zu bekommen.

Zum Heiraten und später mal Kinderkriegen brauche ich allerdings einen Mann. Ich frage deshalb unseren Lehrer, ob er spontan dazu bereit ist. Leider lehnt er ab. Schließlich kommt mir Rudi in den Sinn, mein Tanzpartner im Kindertanzkurs. Wenn Rudi tanzt, sieht er immer ein bisschen aus wie eine Ente. Außerdem hat er eine Topffrisur. Aber was soll's, denke ich, zum Heiraten und Kinderkriegen wird's wohl reichen.

Am Nachmittag besuche ich meine Freundin Heike, die schon aufs Gymnasium geht.

»Wie geht denn eigentlich Heiraten und Kinderkriegen?«, frage ich sie.

Heike erklärt mir beides und ich stelle fest, dass Heiraten viel einfacher geht als Kinder zu machen.

»Aber wie bringe ich Rudi dazu, dass er mich heiratet?«

»Ganz einfach«, antwortet Heike. »Schreib ihm einen Liebesbrief!«

»Und was soll ich da reinschreiben?«

»Na, dass du ihn liebst, natürlich.«

»Aber ich liebe ihn doch gar nicht!«

»Das macht nichts. Wenn du ihm schreibst, dass du ihn liebst, wird er es glauben. Dann verliebt er sich in dich und heiratet dich. Verlass dich drauf, Männer sind so.«

Am nächsten Tag lese ich Heike stolz meinen ersten Liebesbrief vor:

Lieber Rudi!

Wie geht es dir? Mir geht es gut, aber auch nicht ganz so gut, denn ich habe ein persönliches Problem: Ich liebe dich. Da ich sehr nett bin, kannst du dich jedoch ruhig auch in mich

*verlieben. Aber bitte mach hinne! Die Sache ist nämlich
die, dass ich dich gerne heiraten und Kinder von dir haben
möchte. Wie das Heiraten geht, weiß ich schon, wie man
Kinder macht, so ungefähr. Bitte schreib mir bald zurück.
Deine dich ganz schrecklich liebende Sarah
PS: Bitte schreibe einen Brief und keine Postkarte, denn
die könnte sonst meine Mama lesen.*

»Im ersten Brief darfst du noch nicht von Heiraten und
Kindern schreiben«, erklärt mir Heike. »Das würde ihn
überfordern. Glaub mir, Männer sind so.«
Heike zieht ein dünnes, gelbes Buch aus ihrem Schul-
ranzen. Darauf steht: *Die Leiden des jungen Werther.*
»Also, wenn du mich fragst«, sagt sie, obwohl ich sie
nichts gefragt habe, »dann klau doch einfach Goethes
Sätze!«
»Und wenn er es rausbekommt?«
»Kein Problem«, meint Heike selbstbewusst. »Goethe
wohnt in Weimar, soweit ich weiß. Außerdem ist es ziem-
lich unwahrscheinlich, dass Rudi ihn persönlich kennt.«
Zufrieden schlendere ich nach Hause, setze mich an den
Schreibtisch und beginne meinen Liebesbrief.
»Lieber Rudi«, schreibe ich.
Ich blättere in Heikes Buch und finde schon nach weni-
gen Minuten eine passende Textstelle, die ich in meinen
Brief einfüge: »Kurz und gut, ich habe eine Bekannt-

schaft gemacht, die mein Herz näher angeht. Ich habe dich kennengelernt. Und doch bin ich nicht imstande, dir zu sagen, wie du vollkommen bist, warum du vollkommen bist.«

Bei »wie du vollkommen bist« stocke ich einen Moment. Soll ich das wirklich schreiben? Immerhin hat er eine komische Frisur. Nach einigen Überlegungen schreibe ich schließlich »fast vollkommen«.

Ich blättere ein paar Seiten weiter und stolpere über das Wort »Einfalt«. Was das wohl ist? Na ja, denke ich, aus dem Zusammenhang geschlossen muss es auf jeden Fall etwas Positives heißen. »So viel Einfalt bei so viel Verstand«, schreibe ich deshalb weiter, »so viel Güte bei so viel Festigkeit. Ach, Edler, das ist alles garstiges Gewäsch, was ich da von dir sage, leidige Abstraktion, die nicht einen Zug deines Selbst ausdrückt.«

Ich schlage eine neue Seite auf und lese: »Denn unter uns, seit ich angefangen habe zu schreiben, war ich schon dreimal im Begriffe, die Feder niederzulegen, mein Pferd satteln zu lassen und hinauszureiten.«

Hmm, nein, das kann ich wohl nicht verwenden.

Auf den nächsten Seiten beschreibt Werther, wie toll es war, mit Lotte zu tanzen. Ich übernehme die Stelle, füge jedoch der Vollständigkeit halber eine Kleinigkeit hinzu: »Nun ging's an, und wir ergetzten uns eine Weile an mannigfaltigen Schlingungen der Arme. Dabei sahst du ein bisschen aus wie eine Ente. Ist aber nicht schlimm. Da kamen wir gar ans Walzen und rollten wie die Sphären um einander herum.«

Ich bin mir nicht sicher, ob es immer noch ums Tanzen geht oder ob Werther und Lotte hier nicht bereits Kinder machen, aber da ich das ja irgendwann auch mit Rudi tun will, müsste alles so weit in Ordnung sein.

»Und, um ehrlich zu sein«, schreibe ich weiter ab, »tat ich aber doch den Schwur, dass ein Mann, auf den ich Ansprüche habe, mir nie mit einer anderen walzen sollte als mit mir, und wenn ich darüber zugrunde gehen müsste. Du verstehst mich!«

Ich selbst verstehe wenig von dem, was ich schreibe, will nun aber den Brief schnell zu Ende bringen, da in fünf Minuten meine Lieblingssendung »Knight Rider« anfängt. Willkürlich schlage ich eine neue Seite auf und schreibe: »Ich sehne mich, ach, mein ganzes Wesen hinzugeben, mich mit aller Wonne eines einzigen großen Gefühls ausfüllen zu lassen. Adieu, Rudi, ich mag darüber nicht weiter radotieren.«

Was auch immer das heißen mag, es klingt nach einem guten Schluss. Obwohl, halt, diese Stelle muss noch mit rein! Mit einem roten Filzstift schreibe ich in schnörkeligen Buchstaben: »O du Engel! Um deinetwillen muss ich leben! Alles Liebe, deine Sarah«

Fertig. Rudi muss einfach Ja sagen.

Epilog:

Rudi hat tatsächlich Ja gesagt – nicht in der Kirche, aber an der Bushaltestelle nach dem Tanzkurs. Aufgrund unserer unterschiedlichen Zukunftsplanungen haben wir dann allerdings doch nicht geheiratet und Kinder gemacht. Er konnte sich nicht mit dem Gedanken anfreunden, dass ich später berühmt werden würde und deshalb er die Küche putzen und auf die Kinder aufpassen müsse.

Dank ihm bin ich jedoch als erstes Mädchen aus der Klasse aus dem CDU ausgestiegen: dem Club der Ungeküssten. Im Laufe der nächsten Jahre sind im Gegenzug die Jungs aus meiner Klasse aus dem CSU ausgestiegen: dem Club von Sarahs Ungeküssten.

ERWiN

oder

Die letzte Nacht

An meinen Schlafproblemen ist meine Freundin Heike schuld.

Als ich das letzte Mal bei ihr übernachtet habe, hat sie heimlich ein Foto von mir gemacht, während ich schlief. Auf dem Foto sehe ich sehr schlimm aus: Aus meinem Mund läuft Sabber und ein Auge ist halb geöffnet. Deshalb halte ich mich jetzt immer so lange wach, bis mein Freund eingeschlafen ist.

Mein Freund Erwin sieht beim Schlafen sehr niedlich aus, so wie jetzt. Schlafprobleme hat er auch nicht.

Ich nehme zehn Tropfen Baldrian und frage mich, ob Erwin wirklich schläft oder nur so tut. Ich ziehe ein bisschen an seinem Ohr. Weil er sich nicht rührt, hebe ich seine Decke hoch und ziehe an etwas anderem. Stimmt, er schläft wirklich!

Ich nehme zehn weitere Tropfen Baldrian und werde

immer müder und müder und denke an morgen, weil ich zum Zahnarzt muss. Herrje, das kann was werden. Aber danach werde ich mir drei Tafeln Schokolade kaufen als Belohnung! Da sehe ich sie schon vor mir, die leckere Schokolade, und ich beiße hinein. Plötzlich kommt eine lila Kuh und schnappt sie mir weg. Lila Kuh?, denke ich, komisch, die gibt's doch gar nicht. Erstaunt stelle ich fest, dass ich wohl schon träume, und wenn ich träume, schlafe ich, und ich rufe: »Ich schlafe, ich schlafe!«

Toll, davon werde ich wieder wach. Erwin nicht, der schläft immer noch.

Weil mir langweilig ist, gehe ich aufs Klo. Ich lege mich in mein Bett zurück und stelle fest: Da sind Krümel! Wo auch immer die herkommen, Krümel in meinem Bett sind untragbar, deshalb krümle ich sie ganz langsam meinem schnarchenden Freund in den Mund.

Ich nehme zehn weitere Tropfen Baldrian, zwinge mich, nicht auf den Wecker zu sehen, und sehe fünf Minuten später doch auf den Wecker. Schon vier Uhr. Klasse, morgen sehe ich also mal wieder scheiße aus.

Neulich habe ich einen Bericht darüber gelesen, dass man bei Schlafentzug sterben kann – sensible Gemüter sogar schon nach fünfundsechzig Stunden.

Aber Moment mal, vorletzte Nacht habe ich durchgemacht, die letzte konnte ich auch nicht schlafen, gut, drei Stunden vielleicht, aber die auch nicht wirklich fest.

Jetzt ist es vier Uhr. Vierundzwanzig plus vierundzwanzig plus zwölf plus vier, das macht genau vierundsechzig Stunden.

Ich bin ein sensibles Gemüt! Wenn ich in einer Stunde nicht eingeschlafen bin, werde ich sterben.

Hilfe, Sarah, du musst jetzt einschlafen! Ich gucke auf die Uhr, oh je, oh je, nur noch achtundfünfzig Minuten. »Du schaffst das«, raune ich mir zu, »du schaffst das, du schaffst das.«

Mist, ich muss aber noch mal aufs Klo!

Nein, musst du nicht, stell dich nicht so an, das geht schon.

Oh doch, ganz unbedingt muss ich jetzt noch mal aufs Klo!

Na gut, also los. Ich gehe aufs Klo, lege mich ins Bett zurück und schaue wieder auf die Uhr. Noch fünfundfünfzig Minuten.

Ich saufe das Baldrianfläschchen aus. Entspann dich, Sarah, entspann dich! Du bist im Wald und liegst auf einer Wiese und deine Arme sind schwer. Bloß kein Stress. Denk an die lila Kuh – lila Kuh, komm schon!

Ich kann doch jetzt nicht einfach sterben! Wie lächerlich wäre das denn! Niemand würde mir glauben.

»Wieso ist sie denn gestorben?«

»Ach, sie konnte nicht einschlafen.«

Hör endlich auf zu schnarchen, du Arsch!

Ich hole einen roten Edding und schreibe damit »Arsch« auf Erwins Stirn. Prompt hört er auf zu schnarchen.

Ich gucke erneut auf den Wecker und stelle fest, ich habe noch genau zwanzig Minuten Lebenszeit. Mein Herz rast, mein Körper gleicht einem hyperaktiven Zitteraal. So werde ich nie einschlafen. Ich finde mich also endlich damit ab, dass ich jetzt sterben werde.

Ich heule ein bisschen rum und betrachte meinen niedlich schlafenden Freund. Ich hole den roten Edding, übermale das gemeine Wort auf seiner Stirn mit einem großen Herz und schüttle ihn.

»Hääh?«, macht Erwin.

»Ich werde sterben. Ich werde dich verlassen, für immer.«

»Hääh?«

»Weine nicht um mich. Such dir eine neue Freundin, auch wenn sie natürlich nie ein Ersatz für mich sein wird, aber versuche glücklich zu werden. Versprich mir das!«

Schnarchen.

Ich hole Papier und Uhu und überklebe das Herz auf seiner Stirn mit einem Zettel: »Ich habe sie totgeschnarcht.«

Noch eine Minute.

Dreißig Sekunden.

Zwanzig.

Zehn.

Fünf – vier – drei – zwei – eins –

»Guten Morgen, Sarah, aufstehen!«

Erwin steht vor mir mit einem breiten Grinsen und einem komischen Fleck auf der Stirn.

»Ach je«, sagt er, »du hast wohl wieder mal schlecht geschlafen. Du siehst auch echt ganz schön scheiße aus.«

Freu dich, Sarah, das Leben hat dich wieder!

HARALD
oder
Die Suche nach dem Glück

In Wirklichkeit sind wir Frauen gar nicht kompliziert. Zumindest unsere Partnerwahl folgt einer äußerst simplen Struktur.

Schöne Männer haben es bei uns sehr leicht. Sie müssen nichts können und nichts wissen. Meistens müssen sie nicht einmal besonders nett sein – wir Frauen werden uns trotzdem immer um sie zerfetzen.

Ist ein Mann nicht so schön, hat er die Möglichkeit, mit Wissen zu trumpfen und damit zumindest *die* Frauen zu beeindrucken, die selbst nicht so viel wissen.

Sollte sich ein Mann damit nicht zufriedengeben, bleibt ihm schließlich noch der Weg des Künstlers. Künstler müssen weder schön sein noch intelligent. Sie sind einfach nur Künstler, und das allein reicht aus, um uns Frauen zu beeindrucken.

Mein Freund Harald ist Maler und darauf bin ich natürlich mächtig stolz. Leider befindet er sich jedoch gerade in einer Schaffenskrise. Er trinkt Kaffee im Wechsel mit Wein und Wodka und reißt sich Haarbüschel aus. Wenn er arbeitet, was selten geschieht, werden seine Bilder düster und traurig. Gestern beispielsweise malte er einen ausgehungerten Maler, der seine eigene Hand aufisst. Vor zwei Wochen beendete er ein Bild, das einen Maler zeigt, der sich mit einem Pinselstiel erstochen hat. Aus Spaß schenke ich ihm einen gemeinsamen Besuch bei dem Vortragsabend »Die sieben goldenen Regeln zum Glück«, dessen Ankündigung ich im Briefkasten gefunden habe.

Natürlich weiß ich, dass dieser Esoterik-Schnickschnack einem so großen Künstler wie Harald nicht weiterhelfen kann. Aber vielleicht, denke ich, lenkt ihn das zumindest ein bisschen ab.

Zwei Tage später sitzen wir in einem Vortragssaal, dessen Wände mit indischen Tüchern zugehängt wurden. Die Frau, die nun das Podest betritt, hat ebenfalls ein buntes Tuch um ihre Hüften gebunden, ein zweites um ihren Oberkörper und ein drittes um die Haare.

»Auch ich war früher sehr unglücklich«, klagt die Tücherfrau. »Aber jetzt, jetzt bin ich der glücklichste Mensch auf der Welt!«

Wir sind baff. Sie wirkt tatsächlich ungeheuer glücklich.

»Auch ihr könnt glückliche Menschen werden, glücklich

wie die Kinder, glücklich wie die Tiere und die Pflanzen unserer Erde! Ja, ihr werdet genauso glücklich sein wie ich!«

Der Ekstase nahe torkelt sie ein paar Schritte nach rechts und beruhigt sich dann wieder etwas. In den nächsten zwei Stunden verrät sie uns ihre sieben goldenen Regeln zum Glück. Wenn wir diese Regeln befolgen, so versichert sie uns, werden wir inneres Glück und Zufriedenheit erlangen.

»Sarah, wir machen das!«, sagt Harald auf dem Nachhauseweg.

»Was machen wir?«

»Wir befolgen die sieben goldenen Regeln zum Glück!«

Harald glaubt tatsächlich, dank der sieben goldenen Regeln nicht nur ein glücklicherer Mensch zu werden, sondern außerdem zur wahren Malerei, zu den tiefen Wurzeln von Farben und Formen vorzudringen.

Na, denke ich, was soll's. Immerhin habe ich ihm nicht das Buch der Scientologen mitgebracht, das mir vor der Buchhandlung angeboten worden ist.

Bereits um fünf Uhr morgens steht Harald auf und setzt die erste der sieben Glücksregeln in die Tat um: Er nimmt ein Urinbad und meditiert darüber, wie er von goldenen Sonnenstrahlen eingehüllt wird.

Ich schlafe weiter bis elf Uhr. Glücklicherweise konnte ich ihm begreiflich machen, dass ich in meiner Kindheit eine ganz besonders schwierige Form der Meditation gelernt habe, die nur im Bett vollzogen werden kann und mich in eine Art Trancezustand versetzt, der für Ungeübte leicht mit Schlaf verwechselt werden kann.

Diese Meditation kostet mich leider auch so viel Konzentration und Kraft, dass es gefährlich wäre, im Anschluss daran mit Harald zusammen zu fasten. Ich nehme deshalb ein großes ausgiebiges Frühstück, während Harald auf dem Balkon die tibetische Sonnenanbetung vollzieht. Die dritte goldene Regel praktizieren wir gemeinsam: das Mantra-Singen. Wir einigen uns auf: »Es könnte alles schlimmer sein, es könnte alles schlimmer sein, es könnte alles schlimmer sein!«

Nach der vierten goldenen Regel müssten wir eigentlich in den Wald fahren und Bäume umarmen. Da sich jedoch kein Wald in unserer Nähe befindet, überzeuge ich Harald davon, dass die Stadt auch eine Art Natur ist, mit der es sich anzufreunden lohnt, und so gehen wir hinunter auf die Straße und umarmen Straßenlaternen. Zurück in Haralds Wohnung befolgen wir die fünfte goldene Regel des Glücks: Anrufung der Ahnen. Wir rufen Haralds Opa an, doch da sich dieser nicht meldet, versuchen wir es mit seiner ehemaligen Klavierlehrerin.

Am Nachmittag singen wir ein weiteres Mantra (»Jetzt geht's los, jetzt geht's los, jetzt geht's los!«) und stampfen dazu Indianerrhythmen auf den Boden. Dies hat den wunderbaren Nebeneffekt, dass unsere verhassten Nachbarn aus dem Stock unter uns endlich aufgeben und wenig später ausziehen.

Nach der siebten goldenen Regel sollen wir vor dem Schlafen Walgesänge anhören. Da wir jedoch auf YouTube keine Walgesänge finden können, nehmen wir stattdessen die Neujahrsrede vom Bundespräsidenten.

Tatsächlich verändert sich Haralds Wesen in den folgenden Wochen auf verblüffende Art und Weise.

»Ach, die Liebe!«, ruft er plötzlich, als wir nach dem Laternen-Umarmen nach Hause schlendern. »Ich liebe die Welt! Ich liebe die Natur! Ich liebe die Menschen! Ja, ich liebe euch alle!«, brüllt er schließlich und läuft dabei auf zwei Kinder zu, die vor Angst weinend wegrennen.

Ein paar Tage später muss ich mit ihm den Kinosaal verlassen, weil er bei der Trennungsszene aufsteht und in die Menge schreit: »Wieso dieses Leid? Wacht auf! Liebt euch! Das Leben ist so schön!«, und sich sämtlichen verdutzten Kinobesuchern in die Arme wirft.

Tatsächlich malt Harald nun auch wieder regelmäßig. Seine Lieblingsmotive sind jetzt allerdings tanzende Elfen in Zauberwäldern und Blumen mit lächelnden Gesichtern.

Als ich eines Tages Haralds Wohnungstür aufschließe, stinkt es fürchterlich. Ich folge der Spur des Gestanks und öffne die Badezimmertür.

Harald sitzt gemeinsam mit der Tücherfrau, die nun keine Tücher mehr trägt, in einer gelblichen Brühe in der Badewanne. Aus dem Kassettenrekorder dröhnen Walgesänge.

Fassungslos sehe ich beide an.

»Wir nehmen ein Partner-Urinbad«, sagt Harald schließlich.

»Aha«, sage ich.

»Du wolltest mit mir ja keine Partner-Urinbäder nehmen«, nörgelt Harald.

»Nein«, antworte ich, nehme den Schlüssel aus der Badezimmertür und schließe sie hinter mir ab.

Sollen sie doch sehen, wie sie mit den sieben goldenen Regeln aus ihrer Urinbrühe wieder herauskommen.

»Es könnte alles schlimmer sein, es könnte alles schlimmer sein«, singe ich, um sie aufzumuntern und verlasse Haralds Wohnung.

Auf dem Nachhauseweg denke ich kopfschüttelnd an Haralds Wandlung. Da hat die Welt nun dank der sieben goldenen Regeln einen glücklichen Menschen mehr. Aber auch einen Künstler weniger.

KNUT
oder
Der Bassist

Als Frau im Winter keinen Mann zu haben, ist nach Krieg, Armut und Hungersnot das schlimmste Elend auf der Welt. Als Frau im Winter keinen Mann zu haben, heißt nämlich: sich zu blamieren bei dem vergeblichen Versuch, die zweite Schneemannkugel auf die erste zu hieven und Schneeballschlachten mit sich selbst zu führen. So, jetzt wisst ihr endlich, weshalb in den Parkanlagen so viele deformierte Schneemänner herumstehen, und ihr begreift jetzt auch, weshalb man immer wieder Frauen beobachten kann, die sich selbst mit Schneebällen bewerfen.

Um diesem Unglück zu entkommen, versuche ich den ganzen Herbst über einen Mann kennenzulernen. Leider will es mir jedoch nicht so recht gelingen.

Ach, der Baum vor meinem Fenster ist ja noch voller Blätter!, denke ich zuversichtlich.

Die Blätter fallen. Und fallen weiter. Irgendwann hängt an dem Baum mit den vielen Blättern nur noch ein einziges kleines, braunes Blatt. Durch mein Fenster sehe ich es verdächtig wackeln und renne panisch nach draußen. »Halte durch!«, rufe ich dem Blatt zu, doch der gnadenlose Windstoß kommt.

»Da muss doch noch eins hängen irgendwo!«, rufe ich nach oben. »Das kannst du doch nicht mit mir machen! Winter, ha, dass ich nicht lache! Es ist doch noch fast Sommer hier. Guck mal, Baum, mir ist ganz warm!«

Verzweifelt reiße ich mir die Klamotten vom Leib und hüpfe schließlich in Unterwäsche vor dem Baum herum. Ein zweiter Windstoß kommt, und da mir plötzlich sehr kalt wird, renne ich in meine Wohnung zurück. Hilfe muss her, so schnell wie möglich. Ich brauche einen Mann.

»Tja, Sarah«, seufzt Heike am Telefon, »da bleibt wohl nur noch das Internet.«

So weit ist es also schon gekommen.

Tatsächlich reagiert bereits am nächsten Tag ein erster Mann.

»Hallo Blümchen«, schreibt er. Für das Blümchen kann er nichts. Ich selbst habe mich so genannt, weil mir in meiner verzweifelten Lage kein weniger idiotischer Kennname eingefallen war.

»Ich hasse die Welt«, schreibt er weiter. »Ich hasse die

Menschen. Ich hasse überhaupt alles. Wie siehst du das? Ich bin schon ganz wild auf deine Antwort. Dein Misanthrop«

Ich lösche die Nachricht, nachdem ich noch eine kurze Antwort geschrieben habe: »Hallo Misanthrop, in der nächsten Vollmondnacht werde ich mich um Mitternacht aus dem Fenster stürzen. Wenn du genug Mut hast, tue das Gleiche. Die Parole: Hate and die! Dein Blümchen«

Mit ein wenig Glück hat die Welt ab der nächsten Vollmondnacht einen Misanthropen weniger. Weiter so, Sarah, jeden Tag eine gute Tat!

Ein paar Tage später ruft mich Heike an.

»Sarah, ich habe einen Mann für dich!«

»Nein!«

»Doch!«

»Das gibt's ja nicht!«

»Doch!«

»Echt?«

»Ja! Und er sieht auch noch gut aus.«

»Nein!«

»Doch!«

»Echt?«

»Ja! Und er ist intelligent!«

»Nein!«

»Doch!«

»Unglaublich!«

»Und er ist Musiker!«

»Gut aussehend und intelligent und Musiker! Das gibt es doch gar nicht!«

»Oh doch! Und er heißt Knut.«

Knut. Na gut. Aber er passt in die Reihe meiner Exfreunde Rudi, Horst und Flocke.

Heike hat für Knut und mich ein Treffen in einer Kneipe organisiert. Ich komme zehn Minuten zu spät und sehe mich deshalb nach einem bereits sitzenden gut aussehenden Knut um. Ein bleicher Knut mit gelber Krawatte sieht hinter der Zeitung hervor und grinst blöd.

»Bist du etwa Knut?«, frage ich.

Er grinst blöd weiter. Dann höre ich eine Stimme am Tisch neben ihm.

»Grüß dich, Sarah!«

Soll dieser gutaussehende Mann wirklich Knut sein?

»Ich bin Knut. Setz dich doch.«

Ich setze mich neben Knut und werde rot.

»Aber, aber«, raunt er mir zu, »wer wird denn da rot?«

»Ach, werde ich rot? So was! Das verstehe ich jetzt eigentlich auch gar nicht.«

»Schon gut«, sagt Knut.

»Also … Heike hat gesagt, du bist Musiker.«

»Ja, ich spiele in einer Band.«

»In einer Band, wow!«

»Ja, ich spiele Bass.«

»Bass, ach so. Toll. Ich spiele ja auch, ähm, Flöte. Also, Blockflöte. Habe ich mal gespielt, meine ich. Früher, bei Krippenspielen in der Kirche und so. Du weißt schon.«

»Jaja, ich weiß schon. Sehr niedlich. Du bist immer noch sehr niedlich. Sag mal, wollen wir nicht einfach zu mir gehen?«

»Zu dir? Jetzt schon?«

In seinem Flur ist es dunkel.

»Warte hier auf mich«, sagt er und verschwindet in seinem Zimmer.

Seelisch bereite ich mich schon einmal auf alles vor: Handschellen, Fesseln, Videokameras, Tierkostüme, Riesen-Gummipenisse zum Umbinden. Ich bin diesmal fest entschlossen, alles mitzumachen und dabei keinen Lachkrampf zu bekommen. Schon öffnet sich die Tür.

»Komm herein.«

Ich sehe mich in Knuts Schlafzimmer um. Das Fenster ist weit geöffnet und Knut liegt nackt auf seinem Bett. Das ist alles. Wie langweilig.

»In einer Stunde kann es losgehen«, sagt er. »Du kannst dich ja schon mal ausziehen.«

»Wieso in einer Stunde?«, frage ich. »Wieso nicht jetzt?«

»Aber du hast doch den Zeitpunkt selbst gewählt, *Blümchen*.«

Ich sehe zum offenen Fenster hinaus: Vollmond!

»Aber woher weißt du denn, dass ich —«

»Überraschung! Hat dir Heike nicht gesagt, dass ich intelligent bin?«

»Doch schon, aber – weißt du, das ist jetzt blöd, weil, ja, also gerade fällt mir ein: Mist! Ich hab ja ganz vergessen, dass ich heute … also … heute haben wir ja Flötengruppe! Wir üben nämlich schon mal für Weihnachten, da ist ein Kind krank geworden und ich soll einspringen. Also, ich geh dann mal lieber schnell. Du kannst dich ja schon mal vorumbringen, ich komm dann nach!«

»Aber Blümchen!«

»Hate and die! Und Tschüss!«

Ich renne aus seinem Zimmer, aus der Wohnung, die Treppen hinunter, zur Haustür hinaus, die Straße entlang, und dann erst drehe ich mich um. Er ist mir nicht gefolgt. Glück gehabt.

Am nächsten Tag gehe ich in den Park, baue ganz allein einen wunderschönen Schneemann und nenne ihn Knut. Dann bewerfe ich ihn mit Schneebällen, bis er tot umfällt. Lustiges Spiel, denke ich, muss ich gleich noch mal machen! Ich glaube, diesen Winter komme ich ganz gut alleine klar.

BERTRAM

oder
Die äußeren Werte

Ich sitze in meinem Lieblingscafé und warte auf einen
Brad Pitt mit Margerite in der Hand.

In den letzten zwei Wochen hatte es unentwegt geregnet
und so waren über die verunglückte Knut-Geschichte
nicht nur Gras, sondern ganze Wälder und Seen gewachsen.

In dieser Zeit hatte Heike per Mail wieder Kontakt zu
ihrem Grundschulfreund Bertram und glaubte, diesmal
sei es ganz bestimmt der Richtige für mich.

Bertram ist Makler und reich. Zuerst dachte ich natürlich, ihre Idee sollte ein Scherz sein, aber sie meinte es
tatsächlich ernst. Ich dürfe mich auf der Partnersuche
nicht von Vorurteilen einschränken lassen und müsse
auch mal reichen Maklern eine Chance geben.

Frei nach Leonardo da Vinci erklärte mir Heike: »Wer
nicht kriegt, was er will, muss wollen, was er kriegt.«

Ich gebe zu, dass ich mich bisher reichen Menschen und gewissen zwiespältigen Berufsgruppen wie Maklern, Unternehmensberatern oder FDP-Politikern gegenüber etwas intolerant verhalten habe. Aber ich hatte genug von meinen Künstlerfreunden.

»Außerdem sah er schon damals zu Schulzeiten aus wie Brad Pitt«, meinte Heike.

»Na dann.«

»Ich habe ihm vorsichtshalber trotzdem gesagt, er soll als Erkennungszeichen eine Margerite in der Hand halten.«

Jetzt öffnet sich die Cafétür und eine Margerite kommt hereinspaziert. Allerdings trägt sie keinen Brad Pitt bei sich, sondern etwas, das sich, nun ja, schwer fassen lässt …

Bertrams Körper ist eine Wucht. Er setzt sich aus massigen Wabbelwülsten zusammen, die in einem glänzenden Gesicht mit neckischem Vorratssack unter dem Kinn und aufgeplusterten Ohrläppchen gipfeln. Seine drallen Oberarme, die sich wippend auf und ab bewegen, stehen vom Oberkörper ab. An seinem Bauch, der massig über seinen Gürtel schwappt, schließen sich kurze, aber dafür umso stämmigere Beine an.

Ich bin positiv überrascht. Sein origineller Körper macht seinen unoriginellen Status als reicher Makler wieder wett.

Bertram wabbelt zu meinem Tisch und begrüßt mich mit einem Nicken. Dann wabbelt er sich neben mich und wabbelt mich an.

Ich bin sofort verliebt.

»Du hast jetzt wahrscheinlich einen Brad Pitt erwartet«, sagt er.

»Ja, Heike hat so was erwähnt.«

»Tja, dieses Stadium habe ich zum Glück überwunden.«

»Zum Glück?«, frage ich.

»Ich konnte es nicht mehr ertragen, dass alle Frauen dachten, ich sei Brad Pitt, und kreischten, wenn ich an ihnen vorbeilief. Deshalb habe ich mich entschlossen, mich dick zu fressen. Und siehe da: Mein Leben ist viel schöner geworden!«

»Ach«, sage ich.

Bertram seufzt. »Ihr Dünnen habt ja keine Ahnung, wie schön und angenehm es ist, dick zu sein! Man kann zum Beispiel leichter auf dem Wasser treiben.«

Na, denke ich, das ist natürlich ein enormer Vorteil. Man weiß ja nie, ob man irgendwann mal ein Floß braucht und keines hat und dann einfach sich selbst benutzen kann. Sehr praktisch.

»Außerdem«, erklärt Bertram weiter, »passen in einen Menschen mit vielen äußeren Werten natürlich auch viel mehr innere Werte hinein.«

Auch das leuchtet mir ein.

»Gerade als Frau bringt das Dicksein noch viele weitere Vorteile mit sich.«

»Wieso das denn?«, frage ich.

»Dicke Frauen müssen sich von Männern keine Mäntel borgen, wenn sie frieren, weil sie sozusagen schon ihren natürlichen Mantel immer mit sich herumtragen. Fragen wie ›Pumps oder Turnschuhe?‹ stellen sich gar nicht, weil die dünnen Absätze unter den dicken Frauen sowieso sofort zusammenbrechen würden. Außerdem können sich dicke Frauen viel besser gegen gewalttätige Männer wehren. So schnell haut die nämlich nichts um. Und selbst wenn der Mann zum Messer greifen sollte, braucht eine dicke Frau keine Angst zu haben. Denn falls er tatsächlich zustechen sollte, wird er nicht zu den lebenswichtigen Organen vordringen. Und aus alledem folgt: Nur dicke Frauen sind emanzipierte Frauen!«

Ich bin baff. Bertram hat natürlich recht. Jede emanzipierte Frau sollte heutzutage dick sein.

Traurig gucke ich an meinem dünnen Körper hinab und seufze.

Bertram wabbelt seine Hand auf die meine.

»Das wird schon!«

In den nächsten Wochen versuche ich zuzunehmen. Ich will einen genauso beeindruckenden Körper bekommen wie Bertram, mit viel Sitzfleisch und Bauchspeck und Hüftwürsten. Dann wäre ich nämlich endlich emanzipiert, hätte mehr Platz für innere Werte und wäre somit auch nicht mehr intolerant gegenüber Maklern, Unternehmensberatern und FDP-Politikern.

Bertram rät mir, viel Schokolade zu essen und weniger Sport zu machen. Viel Schokolade habe ich schon vorher gegessen, aber weniger Sport zu machen als gar keinen, so wie ich es gewohnt bin, fällt mir ziemlich schwer. Ich trinke kaum noch, um die klassischen Wege vom Bett zum Klo und zurück nicht mehr zurücklegen zu müssen, und lasse den Pizzaservice für Bertram und mich ebenfalls bis ans Bett liefern.

Wir verbringen ein paar fabelhafte faule Fresswochen. Leider werde ich jedoch kein bisschen dicker. Lediglich der Bauchumfang ist um 1,4 Zentimeter gewachsen.

Traurig kommt Bertram eines Abends zu mir und wabbelt seine Hand auf meine Schulter. Er sagt, es täte ihm furchtbar leid und er hätte es wirklich versucht, aber er würde einfach nicht damit klarkommen. Ich sei ihm nun mal zu dünn. Er schenkt mir ein letztes Lächeln, wobei sich der Vorratssack unter seinem Kinn etwas hebt.

Ich schließe die Tür hinter ihm, nehme die verwelkte Margerite aus der Vase und werfe sie in den Mülleimer. Ha, denke ich, von wegen innere Werte! Reiche Makler interessieren sich eben doch nur für oberflächliche Dinge wie den Körperbau einer Frau. Ich hab's ja gleich gewusst. Sie haben wirklich nur Vorurteile im Kopf!

MAX
oder
Der Beschützer

Das Beeindruckende an München ist nicht etwa die Frauenkirche, der Englische Garten oder gar das Hofbräuhaus – das wirklich Beeindruckende sind die Münchner Beschützer. Wenn ich in dieser Stadt nachts allein durch die Straßen laufe, brauche ich keine Angst zu haben. Ich fühle mich sicher, und das tue ich nur dank der Beschützer.

Vermutlich gibt es auch in München Meuchelmörder, Bankräuber und Exhibitionisten, aber die sind alle arbeitslos. Denn hinter jeder Ecke lauert ein Beschützer und wartet darauf, jemanden beschützen zu dürfen. Die Beschützer sind grün, tragen lustige Käppchen und Fred-Feuerstein-Knüppel an ihren Gürteln. Wenn jemand versuchen sollte, mich umzubringen oder zu berauben oder mir seine baumelnden Geschlechtsteile zu zeigen, würde sofort einer der Beschützer hinter der nächsten

Hecke hervorspringen und ihm mit seinem Fred-Feuer-stein-Knüppel auf den Kopf hauen.

Die Vorstellung, beklaut zu werden, finde ich nicht allzu tragisch, denn es befinden sich meistens nicht mehr als fünf Euro in meinem Portemonnaie, und weil das für München ganz unüblich ist, würde sich der Dieb vermutlich ganz schön ärgern. Baumelnde Geschlechtsteile finde ich eigentlich auch ziemlich lustig, aber umgebracht werden will ich dann doch nicht. Deshalb bin ich froh, dass sich die Beschützer in München heimlich hinter den Hecken verstecken.

Das tun sie wirklich, erst letzte Woche habe ich es wieder erlebt. Plötzlich kam der Beschützer hinter der Hecke hervor und beschützte mich. Total nett.

Ich ging gerade über eine rote Ampel. Der Beschützer machte mich darauf aufmerksam, dass das verboten sei. Schließlich könnte ich von einem Autofahrer angefahren werden. Dann hätte ich vielleicht keine Beine mehr und der Autofahrer einen Schock fürs Leben.

Ich fand es überaus freundlich, dass mein Beschützer mich so genau über die möglichen Gefahren meines Über-die-rote-Ampel-Gehens hinwies. Deshalb verstand ich auch sofort, dass ich ihm die einzigen fünf Euro aus meinem Portemonnaie dafür zahlen musste, dass er mich beschützt hatte. Was sind schon fünf Euro gegen den Verlust der Beine? Zwar hatte sich die Ampel für die Autos bereits auf Rot geschaltet, als ich losging, und nirgends war ein Auto zu sehen – die Gefahr also, meine Beine zu verlieren, war relativ gering. Aber wie schön ist es doch zu wissen, dass die Beschützer so gründlich aufpassen!

Sie lauern nicht nur hinter den Hecken, sie sind überall. Ganz München ist voll davon. Neulich sprach mich sogar einer im U-Bahn-Geschoss an, ganz früh morgens, als ich noch ziemlich müde war.

Ob ich schon mal Probleme mit Drogen gehabt hätte, fragte er mich. »Nein danke«, sagte ich.

Er ließ sich dann aber trotzdem nicht davon abhalten, mit einer kleinen Lampe in meine Augen zu leuchten, um darin nach Drogenproblemen zu suchen. Er fand keine und wirkte fast ein wenig enttäuscht. Das verstehe ich natürlich, denn vermutlich hätte er mich gerne von meinen Drogenproblemen befreit.

»Steigen Sie vom Fahrrad ab!«

Was ist das denn? Ich befinde mich gerade auf dem Nachhauseweg von einer lustigen Geburtstagfeier. Ich steige vom Fahrrad ab und kneife die Augen zusammen, weil ich von einem grellen Licht geblendet werde.

In diesem Moment höre ich erneut dieser unheimliche, dröhnende Donnerstimme: »Bleiben Sie sofort stehen!«

Ach nein, denke ich, wenn das nichts ist! Die Sache ist glasklar: Gott ist auf die Erde gekommen und hat einen Auftrag für mich.

Anstandslos gehorche ich Gott und bleibe stehen. Dann höre ich eine Autotür auf- und zuklappen.

Das ist ja etwas ganz Neues, denke ich, seit wann kann Gott Autofahren? Und da kommt er schon auf mich zu. Natürlich hat er sich verkleidet. Um als Gott nicht aufzufallen, hat er sich als Münchner Beschützer getarnt, mit Fred-Feuerstein-Knüppel und grünem Käppchen.

»Was machen Sie denn da?«, fragt er mich.

»Guten Abend, Gott, ich fahre gerade nach Hause.«

»Wie nennen Sie mich? Wollen Sie mich beleidigen?«

»Ach, jetzt tu doch nicht so. Ich weiß doch, wer du bist.«

»Ich warne Sie!«, sagt Gott. »Treiben Sie's nicht auf die Spitze!«

»Nein, nein …«

»Also, kann ich jetzt anständig mit Ihnen sprechen?«

»Aber klar doch. Nur raus mit der Sprache!«

Ich freue mich schon auf seinen Auftrag. Vielleicht würde ja die Welt untergehen und ich gehöre zu den wenigen Auserwählten, die gerettet werden können. Mann, ab jetzt würde mein Leben richtig aufregend werden!

»Wissen Sie, dass Sie gerade rechts abgebogen sind?«, fragt mich Gott.

»Natürlich weiß ich das!«

Was will er nur? Vielleicht spricht er ja in Metaphern zu mir. Rechts abbiegen – na klar, er meint: Ich habe den rechten Pfad genommen.

»Ja!«, sage ich deshalb feierlich. »Ich nahm den rechten Weg.«

»Soweit leugnen Sie also nicht. Und wissen Sie auch, was dieses Schild bedeutet?«

Ich blicke auf zu dem Schild, das am Eingang meiner Straße steht: Einbahnstraßen-Ausfahrt. Trotz meiner Müdigkeit errate ich auch die Lösung dieses Rätsels.

»Ich verstehe dich«, sage ich also. »Wer einmal den rechten Weg geht, wird diesem auch weiterhin folgen. Der Weg zurück ins Übel ist für immer versperrt.«

»Jetzt reicht's mir aber!«

Gott ist ziemlich sauer. Er stampft zu seinem grün-weißen Beschützer-Auto zurück und winkt mich ebenfalls heran.

»Hier, nehmen Sie das mal in Ihren Mund und pusten Sie.«

Leider bin ich zu müde, um zu begreifen, was Gott mit mir vorhat und puste.

Er guckt durch das Fenster in sein Auto hinein und ruft: »Ja, um Gottes Willen! Sie sind ja total betrunken!«

Sehr witzig, denke ich. Natürlich bin ich betrunken. Ich komme ja gerade von einer lustigen Feier und habe ein Glas Sekt und dann ein paar Weinchen und dann noch ein paar selbstgemachte Cocktailchen getrunken. Wie man das eben so macht auf lustigen Feiern.

»Das kannste mir nicht erzählen, Gott! Dass du noch

nie getrunken hast!«, kontere ich und sehe ihn herausfordernd an.

Er blickt mir mitleidig in die Augen, schüttelt den Kopf und schreibt etwas auf sein Papier. Dann will er meine Adresse wissen und meine Telefonnummer. Weil ich plötzlich nicht mehr weiß, ob meine Hausnummer nun 43 oder 34 ist, muss ich ihm meinen Ausweis zeigen. Sicher schreibt er sich jetzt die Daten herunter und wird mir rechtzeitig Bescheid geben, wenn ich seine Mission erfüllen soll.

»Sie bekommen von uns Bescheid«, sagt er tatsächlich.

»Na dann«, sage ich, »auf bald!« und steige auf mein Fahrrad.

»Einbahnstraße!«, schreit es da in mein Ohr, »wollen Sie das Doppelte bezahlen?«

Ich steige ab und schiebe das Fahrrad auf den Gehweg. Dann drehe ich mich noch mal um und winke.

»Tschüss, Gott! Ich gehe meinen rechten Weg. Die Einbahnstraße fürchte ich nicht. Ich werde auf deinen Bescheid warten und mich bereithalten. Der Himmel sei mit uns!«

Am nächsten Morgen wache ich mit starken Kopfschmerzen auf. Einen Moment lang überlege ich, ob ich mir vielleicht nur eingebildet habe, ich wäre Gott begegnet, und in Wirklichkeit handelte es sich um einen normalen Beschützer, der mich in eine normale Alkoholkontrolle verwickelt hatte und mir einen normalen Strafzettel schreiben würde. Bei diesem Gedanken schüttelt es mich einen Moment, denn die Münchner Beschützer sind sehr genau beim Bestrafen. Alkoholmissbrauch, Einbahnstraßen-Missachtung und Beamtenbeleidigung. Das könnte teuer werden.

Aber heute bin ich mir sicher: Es *muss* Gott gewesen sein. Denn einen Strafzettel habe ich nie bekommen.

Epilog:

Es war doch nicht Gott. Aber wer glaubt, ein Polizist hätte mir einfach aus Nettigkeit einen Strafzettel erlassen, irrt sich gewaltig. Der Beschützer hieß Max und schrieb mir meinen Strafzettel mit ein paar Wochen Verspätung und einem angehängten Liebesbrief.

Genau acht Tage lang war ich mit meinem Beschützer Max zusammen, danach verließ ich ihn. Eigentlich war er ja wirklich sehr nett zu mir, aber finanziell wurde es untragbar; vor so vielen roten Ampeln hatte mich Max beschützt.

OTTO
oder
Der Witzbold

Gerade lese ich wieder einmal in einer Männerzeitschrift, dass es unserer Gesellschaft an lustigen Frauen mangelt. Tja, denke ich stolz, es kann nun mal nicht jede Frau so ausgesprochen witzig sein wie ich. Dann lese ich weiter, dass sich bei Frauen Witz und Attraktivität grundsätzlich ausschließen.

Das ist ungerecht, ich will auch attraktiv sein! Spontan beschließe ich, meine Lustigkeit an den Nagel zu hängen und mich in eine melancholische und tiefsinnige Frau zu verwandeln. Statt lustiger Geschichten schreibe ich ab jetzt nur noch traurige Gedichte, in der Hoffnung, dadurch ganz ungemein attraktiv zu werden.

Ich nehme meine Clownsnase ab, die ich gern tagsüber in meiner Wohnung trage. Dann setze ich mich an meinen Sekretär und beginne mein erstes trauriges Gedicht: »Tränenmeer«. Ich seufze ein bisschen, um in die Traurigkeit besser reinzukommen. So traurig und seufzend am Sekretär sitzend, finde ich mich auch gleich schon viel attraktiver. So attraktiv, dass ich mit meinem Handy gleich mal ein Foto von mir mache. Ich sehe darauf mäßig attraktiv aus.

Um mich noch trauriger zu fühlen, rufe ich meinen neuen Freund Otto an und sage: »Bitte verlass mich!«

Er sagt O.K. und legt auf.

Ich rufe meine Freundin Heike an und schluchze: »Otto hat mich verlassen!«

Heike lacht sich kaputt und legt ebenfalls auf.

Blöderweise bin ich eher wütend als traurig. Anstatt eines traurigen Gedichts schreibe ich einen Heavy-Metal-Song. Davon bekomme ich prompt eine Depression. Ich nutze meine depressive Phase, um Otto eine Mail zu schreiben: »Nur damit du's weißt: Wenn ich mich in den nächsten Tagen umbringe, bist du schuld!«

Ich beschließe mir mal wieder die Haare zu waschen und drehe mir anschließend Lockenwickler hinein. Locken wollte ich schon immer haben. Die machen mich bestimmt ganz ungeheuer attraktiv. Während meine Haare trocknen, fresse ich aus Vorfreude eine Packung Haribo-Bärchen in mich hinein. Dann drehe ich die Lockenwickler heraus und mache zur Überprüfung noch ein Foto, von hinten. Ja, denke ich zufrieden, eine frappierende Ähnlichkeit mit Marilyn Monroe. Neuen Mut gefasst, mache ich ein weiteres Bild von vorne. Schrecklich, ich sehe aus wie Thomas Gottschalk.

Durch mein Fenster entdecke ich einen jungen Mann, der auf der Straße steht und mich wohl schon seit einiger Zeit beobachtet. Um meine Attraktivität zu überprüfen, öffne ich das Fenster und lächle ihn an. Dann räkle ich mich ein bisschen hin und her und versuche dabei möglichst melancholisch zu gucken.

Schließlich nehme ich meinen ganzen Mut zusammen und rufe: »Willst du mein Freund sein?«

Der Mann zuckt mit den Schultern. »Warum nicht?«, meint er schließlich. »Witzige Frauen finde ich toll. Und das Äußere ist mir auch gar nicht so wichtig.«

Ich schreie ihn an und er läuft davon.

Auf dem Bildschirm meines Computers entdecke ich, dass Otto mir bereits geantwortet hat. Bestimmt will er sich für sein unmögliches Verhalten am Telefon entschuldigen. Und tatsächlich, er schreibt: »Liebe Sarah, ruf doch mal an, dann können wir noch mal in Ruhe über alles sprechen. Dein Otto«

Ich wähle die Nummer, die Otto in der Mail geschrieben hat.

»Ja, guten Tag?«

»Hallo, hier ist Sarah. Bin ich nicht richtig bei Otto?«

»Nein, Sie sind verbunden mit der Notrufnummer für Suizidgefährdete. Sie möchten sich nicht zufälligerweise umbringen? In diesem Falle könnten wir Ihnen nämlich helfen.«

»Wie sähe denn Ihre Hilfe aus?«, frage ich.

»Erstmal würden wir Ihnen natürlich davon abraten, sich umzubringen. Wenn Sie dann aber immer noch darauf bestehen, könnten wir Ihnen Tipps geben, um Ihrem Selbstmord einen tieferen Sinn zu geben. Wir könnten Sie beispielsweise weiterleiten an das Terroristenzentrum für potenzielle Selbstmordattentäter.«

»Aber ich will doch nicht von einer Bombe zerfetzt werden!«, rufe ich empört. »Dafür bin ich viel zu attraktiv!«

»Ach so, für attraktive Suizidgefährdete wie Sie haben wir natürlich auch noch andere Angebote. Beispielsweise könnten Sie sich schon jetzt bewerben bei ›Germanys next Topleiche‹. Schicken Sie einfach ein Foto an info@germanys-next-topleiche.de.«

Ich schicke das Foto und sehe mir die Webseite der Sendung an. »Erfüllen Sie sich einen Traum«, steht da. »Erleben Sie als Leiche die schönste Zeit Ihres Lebens. Gewinnen Sie einen diamantenbesetzten Sarg und eine Luxusbeerdigung, auf der für Sie persönlich Elton John ein Lied singen wird.«

Klick, da kommt auch schon die Antwort auf meine Bewerbung:

»Liebe Sarah Hakenberg, leider suchen wir für unsere

Sendung nur ausgewählt attraktive Frauen. Wir wünschen Ihnen aber trotzdem viel Glück!

PS: Versuchen Sie sich doch mal als witziges Thomas-Gottschalk-Double.«

Vollkommen desillusioniert klettere ich auf das Sims meines offenen Fensters und schluchze laut auf.

Ein Mann im Haus gegenüber öffnet ebenfalls das Fenster, entdeckt mich, lacht und setzt sich wieder vor den Fernseher.

Ja, lacht nur, denke ich. Wenn ich tot bin, werdet ihr es alle bereuen.

Vor meinen Augen erscheint ein verschwommenes Bild von meiner Beerdigung. Ich liege tot im Sarg und sehe dabei unglaublich melancholisch und attraktiv aus. In der Menschenmasse, die trauernd um mein Grab steht, befindet sich auch Otto. Von Schuldgefühlen zerfressen, blass und abgemagert, haut er sich in regelmäßigen Abständen den Spaten auf den Kopf.

Der Wind pfeift mir um die Ohren. Ich spüre, wie meine Beine zu zittern anfangen, und klammere mich am Fensterrahmen fest. Der Mann im Haus gegenüber hat inzwischen seine ganze Familie angeheuert, die mich jetzt munter anfeuert.

»Euch werde ich's zeigen!«, schreie ich und balle meine Hand zur Faust. Ups, ich rutsche aus. Nein! Nicht! Hilfe … Ich falle.

Es geht schnell, nichts tut weh. Glücklicherweise wohne ich im Erdgeschoss.

Als ich die Augen öffne, steht Otto mit Blumen vor mir. Otto, der nun mein Exfreund ist und scheinbar wieder mein Freund sein will, lächelt und bekommt Grübchen davon. Komischerweise sieht er gar nicht blass und ab-gemagert aus, dafür aber ganz ungeheuer attraktiv.

»Was hast du denn für eine komische Frisur?«, fragt er grinsend. »Du siehst ja aus wie Thomas Gottschalk!«

Hahaha. Otto hält sich den Bauch vor Lachen, so witzig findet er seine Bemerkung. Aber was soll's, Attraktivität und Witz schließen sich bei Männern eben grundsätz-lich aus.

KARL (I)

oder

Der Riesenmonsteraffe

Ich habe eine Problemfigur. Mein Spitzname in der Schule war »Hakenzwerg«. Wenn ich mich viel bewege, schrumpfe ich sogar noch mehr. Um das zu verhindern, bleibe ich täglich bis etwa 17 Uhr im Bett.

Mein Freund Karl hat ebenfalls eine Problemfigur; er wurde in der Schule »Karl der Große« genannt. Das hatte den Nachteil, dass er immer aufschreckte, wenn im Geschichtsunterricht von Karl dem Großen die Rede war.

Trotzdem ergeben sich auch immer wieder Vorteile aus seiner Größe. Auf Popkonzerten beispielsweise verabreden wir: Falls wir uns verlieren, treffen wir uns bei Karl.

Schon seit einer halben Stunde liegen Karl und ich im Bett und unterhalten uns über unsere Körpergrößen.

»Stell dir vor«, sagt Karl, »neulich hat sich schon wieder jemand über meine Größe lustig gemacht. Er hat gesagt: Du blödes Hochhaus!«

Karl seufzt, dreht sich um und schläft ein.

Ich muss auch eingeschlafen sein, wache jedoch plötzlich auf und sehe Karl bewegungslos mitten im Zimmer stehen.

»Karl?«, frage ich.

Keine Antwort.

»Karl, was machst du da?«

»Ich bin ein Hochhaus.«

»Was?«

»Ich bin ein Hochhaus«, wiederholt er blödsinnig.

»Ja, ist ja gut jetzt. Kommt das Hochhaus denn trotzdem ins Bett zurück?«

Das Hochhaus zögert einen Moment.

»Na gut«, sagt es dann, legt sich ins Bett und schläft weiter.

Am nächsten Morgen erzähle ich Karl von seiner nächtlichen Metamorphose.

»So ein Unsinn«, ruft er. »Das hast du sicher nur geträumt.«

In den nächsten Wochen scheint alles normal. Ich lese Karl vorm Schlafengehen Gute-Nacht-Geschichten vor, entscheide mich aber bewusst für gefahrlose Literatur, *Der kleine Prinz* etwa oder *Nils Karlsson Däumling*.

Eines Abends komme ich erst sehr spät zu Karl.

»Und?« frage ich ihn. »Was hast du heute Abend gemacht?«

»Ach, ich habe ferngesehen. King Kong.«

Ich ahne Furchtbares.

Gegen drei Uhr nachts wache ich auf. Karl steht erneut mitten im Zimmer. Ich selbst jedoch liege diesmal nicht im Bett, sondern in seinen Armen. Er wiegt mich hin und her und gibt dabei krude Grummellaute von sich.

»King Kong?«, frage ich vorsichtig.

Karl nickt bedeutungsvoll.

»Meine weiße Frau«, raunt er mir zu.

»King Kong, hör zu. Ich würde jetzt gerne weiterschlafen. Im Bett.«

»Meine weiße Frau«, grummelt Karl erneut und drückt meinen Körper noch fester an den seinen.

»Mensch Karl!«, rufe ich. »Ich bin nicht deine blöde weiße Frau. Ich bin Sarah, deine Freundin!«

Es wird still. Furchterregend still. Dann geht es los.

»Wo ist meine weiße Frau?«

King Kong wirft mich brutal aufs Bett und trampelt durchs Zimmer.

»Uaaah«, gröhlt er und trommelt dabei mit seinen Fäusten auf seinen Brustkorb ein.

Rrrrring!

Das Telefon. Wer um Himmels willen ruft mitten in der Nacht bei Karl an?

»Uaaaah«, gröhlt King Kong wieder und reißt dabei sein T-Shirt in Stücke.

Rrrrring!

Schon wieder das Telefon. King Kong scheint es nicht zu beeindrucken, also nehme ich den Hörer ab.

»Hallo?«, frage ich ungläubig.

»Ja, wen haben wir denn da?«

Auf eine so bescheuerte Frage fühle ich mich nicht gezwungen zu antworten.

»Ich will sofort wissen, wer da ist!«

»Sarah«, sage ich. »Und wer sind Sie?«

»Werden Sie mir nicht frech, Sie unverschämtes Biest. Geben Sie mir sofort Günther!«

»Hier wohnt kein Günther. Nur ein King-Kong-Karl.«

»Uaaah!«

Ich wende mich dem Wesen zu, das gerade unter dem Bett hervorkriecht.

»King Kong, verdammt noch mal, was machst du da?«

»Wie bitte?«, kreischt es aus dem Telefon. »Sie nennen meinen Günther King Kong?«

King-Kong-Karl hat inzwischen die Vorhänge vom Fenster heruntergerissen und versucht nun den Schrank umzuwerfen.

»King Kong«, rufe ich. »Der Schrank bleibt stehen!«

Wumm, da liegt er, der schöne Schrank.

»Sie Mistvieh, Sie!«, schreit es nun wieder aus dem Telefon. »Was machen Sie mit meinem Günther?«

»Ich mache gar nichts mit Ihrem beschissenen Günther.

Wussten Sie eigentlich, dass Ihr Mann in Wirklichkeit ein Affe ist?«

King Kong hat sich an seinen Boxsack gehängt und baumelt mit ihm durchs Zimmer. Es sieht ziemlich idiotisch aus.

»Uaaah! Wo ist meine weiße Frau?«

Seufzend reiche ich dem noch immer schaukelnden Riesentier das Telefon. »Hier! Bitte schön.«

»Hallo?«

King-Kong-Karl lauscht der Stimme am anderen Ende der Leitung und wird plötzlich ruhig. »Aber reg dich doch nicht so auf, Schatz. Na, dann Tschüss.«

King-Kong-Karl rutscht am Boxsack herunter, schlurft geknickt ins Bett zurück und schläft ein.

Als ich am nächsten Morgen aufwache, hat Karl schon das Frühstück an mein Bett gestellt.

»Karl?«, frage ich vorsichtig. »Oder King Kong?«

»Wie bitte? Was redest du denn da?«, antwortet Karl, sichtlich besorgt.

Der Schrank steht wie gewöhnlich an der Wand. Ich deute mit dem Finger darauf und sehe Karl fragend an.

»Der Schrank –?«, sage ich.

»Ja, den habe ich gerade wieder hingestellt.«

Karl lacht.

»Stell dir vor, der ist heute Nacht umgefallen. Das muss doch irrsinnig laut gewesen sein. Hast du was gehört?«

»Nein«, antworte ich. »Aber das war bestimmt King Kong. Oder vielleicht auch Günther.«

»Günther? Sag mal, was hast du denn? Du hast wohl mal wieder schlecht geträumt. Du siehst auch ganz mitgenommen aus. Weißt du, ich sag's ja ungern, aber vielleicht solltest du dir wegen deiner Albträume doch mal professionell helfen lassen.«

»Na klar«, sage ich und beginne resigniert meinen Kaffee zu schlürfen.

Nachbemerkung:

Obwohl die Geschichten in diesem Buch natürlich ausnahmslos rein autobiografisch sind, muss ich gestehen, in dieser Geschichte eine kleine Unwahrheit eingebaut zu haben. Sie ist leicht zu erraten, schließlich ragt sie völlig übertrieben aus dem doch sehr realistischen Rest der Geschichte heraus. Für die finale Wendung erschien sie mir dennoch erforderlich: Das Wort *resigniert* im Abschlusssatz entspricht so nicht ganz der Wahrheit.

Tatsächlich folgte die Phase der Resignation wesentlich später; die Karl-Geschichte war nämlich noch längst nicht beendet. Ihre Fortsetzung findet ihr auf den nächsten Seiten.

KARL (II)

oder
Die Rückkehr des Riesenmonsteraffen

Karl ist psychisch krank, soweit ist alles klar. Aber wer
weiß, vielleicht könnte ihn ja eine Therapie heilen?
Meine letzte Hoffnung besteht deshalb darin, ihn selbst
zu therapieren. Reden funktioniert nicht, also: Schock-
therapie! Ich werde mit seinen eigenen Mitteln zurück-
schlagen.
Als King Kong wirke ich wohl eher unglaubwürdig, geeig-
neter wäre da vermutlich eine kleine mörderische Frau.
Deshalb beschließe ich, mir mit Karl »Basic Instinct« auf
Video anzusehen und mich in der folgenden Nacht in
Sharon Stone zu verwandeln. Ich werde Karls Arme am
Bett festbinden und ihn aufwecken. Dann verführe ich
ihn, hole einen Eispickel hervor und hacke damit auf ihn
ein. Er bekommt einen Schock und ist für immer geheilt.
Um Karl dabei nicht für immer zu verlieren, erkundige
ich mich im Spielzeugladen nach einem Gummidolch.

»Haben Sie Gummidolche?«, frage ich.

»Aber natürlich«, antwortet mir eine sehr nette Verkäuferin. »Hier im Erdgeschoss haben wir allerdings nur Kuscheltiere. Wenn Sie jedoch hier links an den E. T.s vorbeigehen, stoßen Sie direkt auf unsere gerade erst eingetroffenen Kuschelelefanten in Originalgröße. Dort führt die Treppe in den ersten Stock in unsere Abteilung ›Lustiges Kriegs- und Kampfspielzeug für Groß und Klein‹.«

Ich gehe an den Kuschelelefanten in Originalgröße vorbei und steige die Treppe hinauf in den ersten Stock. Hier finde ich schließlich zwischen Gummiknüppeln, Gummi-Riesenmessern und Gummi-Spaßmördersägen auch ein ganzes Regal voller Gummidolche.

»Kann ich Ihnen helfen?«

Wieder steht eine nette Verkäuferin vor mir und lächelt mich an.

»Ja, ich suche einen Gummidolch.«

»Einen Gummidolch, schön«, antwortet sie. »Haben Sie da vielleicht konkretere Vorstellungen?«

Ich schüttle den Kopf.

»Na, dann werde ich Ihnen mal etwas unter die Arme greifen. Möchten Sie den Dolch verschenken, an ein Kind?«

»Nein.«

»Gut, er ist also für Sie selbst. Möchten Sie damit Ihre

Schwiegermutter etwas kitzeln, in der Hoffnung, dass sie ganz aus Versehen vor Schreck stirbt?«

Ich schüttle erneut den Kopf.

»Also nicht. Aha. Dann ist sicher Ihr Freund das Opfer! Aus Rache für den Seitensprung wollen Sie ihn nun ans Bett fesseln und wie Sharon Stone mit dem Dolch auf ihn einhacken.«

»Ja, so ungefähr.«

»Wenn ich Ihnen hierzu drei Modelle empfehlen dürfte. Das hier ist das Modell für den zarten, sensiblen Freund, den man nur etwas pieksen möchte. Dann dieser hier für den etwas robusteren Freund und schließlich unser Spezialdolch aus Hartgummi. Den empfehle ich, wenn es dann doch etwas schmerzhaft sein sollte. Er verursacht unter Garantie blaue Flecken und – wenn Sie Glück haben – auch ein paar kleine innere Blutungen.«

»Super!«, sage ich. »Den nehme ich.«

»Bravo!«, lobt mich die Verkäuferin. »Ich sage zu meinen Kundinnen immer: ›Die moderne Frau als solche greift zum harten Gummidolche!‹«

Fünf Minuten später schlendere ich zufrieden mit meinem Dolch in der Tasche zur Videothek. Ich entleihe »Basic Instinct« und mache mich auf den Weg zu Karl.

Alles läuft nach Plan. Karl schläft sofort nach dem Film ein. Ich warte noch zwei Stunden und fange schließlich vorsichtig an, Karl mit zwei Seidentüchern ans Bett zu fesseln. Nachdem ich die Tücher mehrfach verknotet habe, hole ich den Dolch aus meiner Tasche und lege ihn auf den Boden neben das Bett. Jetzt kann's losgehen.

Ich küsse Karl auf den Mund.

Er rührt sich nicht.

Noch mal.

Nichts.

Viele Male.

Wieder nichts.

»Karl!«, rufe ich. »Karl, aufwachen! Du bist ans Bett gefesselt und ich bin Sharon Stone.«

Plötzlich reißt Karl die Augen auf, starrt mich an und bemerkt seine gefesselten Arme.

»Hallo Schatz«, säusle ich. »Ich werde dich jetzt verführen und dann werde ich dich töten. Denn ich bin Sharon Stone.«

Ich komme mir ziemlich bescheuert vor, aber was tut man nicht alles für die Heilung des kranken Freundes.

Dieser begreift jedoch leider nicht, dass gerade Sharon Stone auf ihm sitzt, sondern hält mich stattdessen für irgendeine Gestalt aus seinem eigenen Traum.

»Verrat!«, schreit er. »Verrat! Gefängnis! Hilfe! Hände gefangen! Arme gefangen! Wo ist eigentlich – meine weiße Frau?«

Oh nein, ein Rückfall. King Kong ist wieder da.

»Uaaaah!«, schreit der wiedererwachte Riesenaffe und strampelt wild mit den Beinen. Da die Nachbarn schon letzte Nacht sein Geschrei aushalten mussten, nehme ich das Kissen und drücke es auf seinen Kopf.

In diesem Moment klingelt es an der Tür. Sturmläuten. Na bitte, die Nachbarn.

Ich öffne.

»Was machen Sie mit meinem Günther?«

Auch das noch. Eine wildfremde, grell geschminkte Kugel im engen Kostüm rollt um vier Uhr nachts in Karls Wohnung.

Ich renne der schnaufenden Kugel hinterher ins Schlafzimmer. Ihre Blicke fallen auf einen ans Bett gefesselten Mann, wandern dann auf das Kissen, das noch immer auf seinem Kopf liegt, und schließlich auf den Boden, zum glänzenden Dolch.

»Ach so«, stammelt sie dann, bleich im Gesicht. »Mord also …«

»Aber nein, Karl schläft doch nur, und das ist ein Gummidolch. Sehen Sie –.«

»Lassen Sie den Dolch liegen!«

Jetzt beginnt sich auch unter dem Kissen etwas zu regen.

»Günther? Lebst du noch, Schatz?«

Die Kugel stürzt auf Karl zu und nimmt das Kissen von seinem Gesicht.

»Aber das ist ja gar nicht Günther …«

»Ja, ist ja gut jetzt«, sage ich müde und schiebe die Kugelfrau zur Tür. »Und jetzt gehen Sie bitte nach Hause. Auf Nimmerwiedersehen.«

Ich schiebe sie zur Tür raus und mache diese hinter mir zu. Dann atme ich tief durch, gehe in die Küche und beginne *resigniert* meinen Kaffee zu schlürfen.

AXEL
oder
Der Tierfreund

»War doch klar, dass das wieder nicht gut geht«, sagt Heike. »Dass du dir aber auch immer solche Langweiler aussuchst!«

Langweiler! Ich? Pah! Der werde ich's zeigen.

Schon ein paar Tage später bandle ich mit einem echten Systemkritiker an, einem großen Rebellen, den ich zufälligerweise auf der Straße aufgelesen hatte: einem Münchner Punk.

Zugegebenermaßen war die Nacht nicht besonders interessant gewesen, Augustiner Bräu scheint nicht nur sehr schläfrig zu machen, sondern auch Schnarchgeräusche auf ein Vielfaches zu verstärken. Aber schon am nächsten Morgen zeigt sich, dass mein Punk Axel durchaus zu großer Romantik fähig ist.

»Steh auf!«, schreit er.

Ich stöhne.

»Ich habe eine Überraschung für dich!«

»Was denn?«, frage ich.

»Wir fahren nach Paris!«

Axel hatte tatsächlich vor, mit mir nach Paris aufzubrechen, allerdings nicht mit dem Zug oder gar mit einem Flugzeug, sondern mit dem berühmt-berüchtigten »Euroline-Bus«.

Was soll's, denke ich, mein Rebellenfreund und ich sitzen nebeneinander im Bus nach Paris – etwas Romantischeres kann es doch kaum geben!

»Du hast hoffentlich nichts gegen Tiere?«, fragt mich Axel, als wir gerade den Busbahnhof verlassen.

Irritiert sehe ich ihn an.

»Tiere? Nein, wieso?«

»Tatarata!« Axel greift in seine Manteltasche und packt eine Ratte aus. »Ich bin nämlich ein Tierfreund.«

»Aha«, sage ich.

»Ich liebe alle Tiere!«

»Aha«, sage ich wieder.

Die Ratte beginnt, an meiner Hose zu nagen.

Meine romantischen Gefühle für Axel sacken ein wenig in sich zusammen. Ob er denn trotzdem seine Ratte jetzt wieder einpacken könne, frage ich ihn.

Nein, könne er nicht.

»Weil, die braucht Freiheit. Alle Tiere brauchen Freiheit.«

Die Ratte hat nun schon ein kleines Loch in meine Hose genagt. Ich drehe mein Bein auf die andere Seite.

»Du bist wohl kein Tierfreund.«

Kurze Pause, dann: »Ich bin auch im Verein der lustigen Tierfreunde.«

»Und wieso seid ihr lustig?«

»Wir unternehmen da so lustige Sachen gegen Tierversuche.«

»Und was unternehmt ihr da so?«

»Ach, so alles Mögliche.«

Axel hat wohl keine Lust konkreter zu werden und zieht stattdessen aus seiner anderen Manteltasche einen Hot Dog hervor.

Ich grinse.

»Du isst ja tote Tiere«, sage ich.

»Das sind doch keine toten Tiere! Das ist Fleisch!«

»Fleisch sind tote Tiere«, gebe ich zu bedenken.

Axel überlegt kurz.

»Ja, na gut. Aber man muss ja nun mal Fleisch essen, um gesund zu bleiben. Isst du etwa kein Fleisch oder was?«

Ich schüttle den Kopf.

»Ach. Deswegen bist du so klein.«

Ich habe wenig Lust ihm zu erklären, dass in meiner Familie alle klein sind und dass das vererbt sei. Denn ich habe bereits beschlossen, diesen lustigen Tierfreund samt seiner gefräßigen Ratte wieder los zu werden. Immerhin gegen die Ratte fällt mir etwas ein:

»Es wäre wirklich nett von dir, wenn du deine Ratte jetzt wieder einpacken würdest. Ich bin nämlich allergisch gegen Tierhaare.«

»Ach, das ist ja scheiße«, sagt er und packt doch tatsächlich seine Ratte weg. »Dann konntest du ja nie Haustiere haben. Also wenn ich mir vorstelle, dass meine Ratte, meine Gertrud, nicht mehr bei mir wär. Oh scheiße, nee, das wäre ja –.«

»Nein, ist halb so wild«, unterbreche ich ihn hastig, aus Angst, er könnte seine Gertrud gleich wieder auspacken. »Ich hatte auch mal Haustiere. Ich habe Ameisen gezüchtet.«

»Echt? Cool. Wie kamst du denn darauf?«

»Ach, ich hatte eines Tages vergessen, die Krümel von meinem Schokokuchen wegzufegen, so kamen sie ganz von selbst in mein Zimmer. Erst wollte ich sie samt den Krümeln aufsaugen, aber dann taten sie mir leid. Ich fing also an, sie über mehrere Tage hinweg zu beobachten und gab ihnen auch Namen. Da gab es zum Beispiel die dicke Berta, die dicker war als die anderen, und den roten Rudi, der röter war als die anderen, und dann noch Tuffi und Fluffi, die Zwillinge.«

»Tuffi, Fluffi, ist ja voll süß«, meint Axel. »Und was ist dann passiert?«

Und so erzähle ich ihm die ganze Geschichte, wie ich nachts aufgewacht bin, das Licht anschaltete und mich wunderte: Warum lag denn da in meinem Zimmer ein neuer Teppichboden? Irgendwie viel dunkler als mein alter, und dennoch: ein so lebendiges Muster – und wie ich daraufhin wohl ziemlich laut zu schreien begann, denn innerhalb von ein paar Sekunden stand meine ganze Familie vor meiner Zimmertür und traute sich nicht hinein, auf den neuen Teppichboden, den mit dem ach so lebendigen Muster, auf dem in Wirklichkeit Tausende von Ameisen ein großes Fest feierten.

Meine kleine Schwester reagierte als Erste: Sie verschwand im Flur, zog sich ihre Sandalen an und sprang todesmutig mitten in mein Zimmer.

»Ich hüpf euch tot, ich hüpf euch tot«, schrie sie, hüpfte in meinem Zimmer herum und drehte nach jedem Sprung langsam ihre Schuhe auseinander, so dass man sich ohne viel Fantasie vorstellen konnte, wie sie dabei sämtlichen Ameisen unter ihren Sohlen die Köpfe vom Leib abdrehte.

Meine Mutter war inzwischen in die Küche gerannt und kam mit zwei Küchentüchern wieder, von denen sie eines an meinem Vater weitergab. Sie begannen wild auf die kriechende, wuselnde Masse einzuschlagen. Da meine Mutter jedoch nicht viel Kondition hatte, war das Schlagen nach kürzester Zeit von einem Fiepen und

Röcheln begleitet, das so in etwa das Geräusch der sterbenden Ameisen im Zimmer gewesen wäre, hätten sie nur Stimmbänder gehabt.

Meine Oma war vor der Tür stehen geblieben, schlug in regelmäßigen Abständen panisch die Hände vor ihrem Gesicht zusammen und rief dabei: »Ach, du kriegst die Tür nicht zu! Ach, du kriegst die Tür nicht zu!« Denn das rief sie immer, wenn sie verzweifelt war, auch wenn es sich um keine offene Tür, sondern beispielsweise um einen Ameisenaufstand in meinem Zimmer handelte.

Mein Bruder war in sein Zimmer gerannt, kam jedoch schon kurz darauf in seinem Batman-Anzug und mit zwei Haarspray-Dosen aus dem Badezimmer wieder. Er warf eine davon meiner Schwester zu.

»Hier Robin, fang!«

Doch diese achtete nicht auf die Dose, sondern sprang noch immer munter in meinem Zimmer herum.

»Ich hüpf euch tot, ich hüpf euch tot!«

Während sie so umherhüpfte und Ameisen ihre Köpfe abdrehte, schlug meine röchelnde und fiepende Mutter ohne Unterlass auf die kleinen Mistviecher ein. Mein Batman-Bruder verklebte die Ameisen mit dem Batman-Super-Turbo-Spray, meine Oma schrie weiterhin verzweifelt: »Ach, du kriegst die Tür nicht zu!«, und so ist es nicht verwunderlich, dass auch bei meinem Vater komische Anwandlungen nicht ausblieben.

Ich ertappte ihn dabei, wie er seinen Hemdärmel zur Seite schob und anfing, in seine Armbanduhr zu sprechen: »Hey Kid, hier ist Michael. Alles unter Kontrolle!« Dann schlug auch er weiter mit dem Küchentuch auf die Ameisen ein.

Irgendwann war alles vorbei. Die geköpften, verklebten, erschlagenen Ameisen wurden von meiner Mutter mithilfe des Staubsaugers aufgesaugt und darunter kam wieder mein alter Teppich zum Vorschein.

Axel, der mir die ganze Zeit über schweigend zugehört hat, sieht mich jetzt angewidert an. »Und du hast dieser Killerfamilie von deinem Bett aus einfach ruhig zugeguckt?«

»Ja!«

»Und Tuffi und Fluffi?«

»Alle ausgemerzt!«

»Das hätte ich nicht von dir gedacht! Dass du so gemein bist, so herzlos, das ist …«

Doch er ist schon aufgestanden und hat sich samt Rucksack und Ratte einen neuen Platz gesucht.

Macht nichts, denke ich, in Paris gibt es sicher viel tollere Männer. Ich werde den langweiligsten Mann der Welt dort treffen und mit ihm glücklich werden, jawohl!

HEINZ
oder
Verlassenwerden als Chance

Du hast mich also für etwas verlassen, das Gitti heißt.
Gitti – wie soll denn so etwas bitte erotisch sein? Oh
Gitti, du bigotte Gitti, igittigittigitt! Oh Gottogottogott!
Aber bitte, wenn du lieber mit einem Gittitussi-Titten-
monster zusammen sein willst als mit mir, mach doch!
Aber dann, das sag ich dir, lieber Heinz:

Bleib doch, wo der Pfeffer wächst!
Denn dank dir kann ich jetzt endlich mal wieder so richtig heulen. Was da so alles an Wasser herausfließt aus
mir, so lange, bis ich ganz ausgedörrt bin. Das ist ein
ganz neues Gefühl, Heulen als Extremerfahrung. Und
alle bedauern mich, und Freunde rufen an und schen-
ken mir Pralinen und sind ab jetzt immer für mich da.
Es ist toll, verlassen zu werden! Das will ich öfter haben!
Und deshalb, Heinz:

Bleib doch, wo der Pfeffer wächst!

Plötzlich spüre ich einen ganz unbändigen Hass in mir aufkommen. So viel Hass hatte ich noch nie in mir, das muss ich ausnutzen. Und weil du so dumm warst, mir mal dein Passwort für deinen Mail-Account anzuvertrauen, logge ich mich bei dir ein und ändere dein Passwort. Dann rufe ich auch gleich noch bei der GEZ an und sage, ich wüsste da jemanden ...

Jawohl, es macht ungeheuer Spaß, verlassen zu werden, und darum, Heinz:

Bleib doch, wo der Pfeffer wächst!

Und in diesem Moment stelle ich fest, dass Verlassenwerden auch enorme kreative Energien freisetzt, und deshalb nehme ich ein Foto von dir und mache Schnipsel daraus und setze sie zu einem kubistischen Bild zusammen. Darauf siehst du jetzt so richtig schön hässlich aus! Du hast deine Zähne in der Backe und ein Ohr auf der Stirn, und zur Vollendung nehme ich einen roten Filzstift und schreibe in großen Lettern darüber:

Heinz, bleib doch, wo der Pfeffer wächst!

Schließlich bin ich in meiner Resignationsphase angelangt.

Wer sucht denn heute noch nach Liebe? Auf der Hitliste von Google steht sie auf Platz 108, weit hinter Einweggeschirr und Hobbynutte. Ich suche auch nicht mehr. Was ist das denn schon, Liebe? Ringelchen100 meint, sie gefunden zu haben, sie schreibt auf www.gratis-gedicht.de: »Liebe ist eine Rosenblüte, deren gebärender Strauch stechen kann.«

Was man über die Liebe im Netz findet, ist derart dämlich, dass man beim Lesen anfängt, mit den Augen zu stottern.

Die Realität sieht anders aus: Bei Verliebten fällt der Spiegel des Botenstoffs Serotonin auf ein Niveau, das sich sonst nur bei Menschen findet, die unter Zwangsneurosen leiden.

Hummer, die ineinander verliebt sind, urinieren sich gegenseitig ins Gesicht. Das ist Liebe! Und deshalb, verehrter Heinz:

Bleib doch, wo der Pfeffer wächst!

Denn jetzt habe ich auch endlich wieder Zeit! Zeit, um mich für eine bessere Welt zu engagieren! Ich beginne damit, mir alle Folgen von »Dallas« anzugucken.

In einem kurzen Anflug von Langeweile schreibe ich meinen Namen auf ein Papier und stelle erstaunt fest, dass man aus den Buchstaben von »Sarah Hakenberg« einen ganzen Satz bilden kann: »Hab karg an Ehre«. Ich finde sogar noch einen zweiten: »Gras her, hab Akne.«

Und weil ich ja so unglaublich vielseitig bin, fange ich

schließlich noch an zu häkeln. Ich will einen Thomas Gottschalk häkeln, aber heraus kommt aus Versehen eine Eva Hermann. Weil mir das Häkeln so Spaß macht, häkle ich eine ganze Kiste voll Eva Hermanns und verkaufe sie eine Woche später in der Fußgängerzone als Topflappen.

Ich fühle mich so gut dabei, so gut wie noch nie, und darum, lieber Heinz:

Bleib doch, wo der Pfeffer wächst!
Denn ich bin glücklich! So glücklich wie nie zuvor! Und ich wünsche jedem, *das* einmal erleben zu dürfen, einmal verlassen zu werden.

Ihr habt noch kein Geburtstagsgeschenk für euren Freund oder eure Freundin?

Verlasst sie! Ihr werdet sehen, ihr macht sie glücklich! Und aus all diesen Gründen, Heinz:

Bleib doch, wo der Pfeffer wächst!
Ach, bleib doch, wo der Pfeffer –
Bleib doch, wo der –
Bleib doch, wo!
Bleib doch.
Bleib!

JÖRG
oder
Die Wurzelbehandlung

Ich sitze im Wartezimmer. Gleich wird mein Zahnarzt reinkommen und mich abholen. Dann werde ich
mich auf seinen Folterstuhl setzen müssen, bevor er
mit einem Foltergerät meine Lippen auseinanderspannt
und schließlich mit vielen weiteren Folterinstrumenten
in meinem Mund herumstochert.
Ich mag Zahnärzte. Schon allein, weil sie so offen mit
ihrem Sadismus umgehen. Ein bisschen sadistisch bin
ich ja auch. Deshalb habe ich vorhin auch extra ganz
viele Knoblauchbrote gegessen. Spaß muss sein unter
Freunden.
»Uiuiui«, macht mein Zahnarzt, als er in meinen Mund
reinguckt. »Das sieht aber gar nicht gut aus.«
Zur Strafe hauche ich ihn an.
»Na, dann wollen wir mal!«, sagt er.
Mein Zahnarzt spritzt eine Betäubungsspritze und bohrt

zwei braune Stellen weg. Zur Strafe hauche ich ihn so oft an, dass er ganz grün wird. Als Ausgleich wiederum bohrt er ganz versehentlich zweimal einen Nerv an. Mein Zahnarzt und ich sind ein gutes Team. Er füllt in die frisch gebohrten Löcher eine Paste, die ekelhaft stinkt. Ich wiederum beiße ihm dabei ganz unbewusst in seinen kleinen Finger.

Während die Paste trocknet, geht mein Zahnarzt aus dem Zimmer. Er lässt die Tür offen stehen, so dass mich alle auf dem Flur vorbeilaufenden Patienten in meiner kläglichen Pose sehen können.

Zahnarzt ist ein aufregender und kreativer Beruf. Ich wäre ja gern Zahnärztin geworden. Aber meine Eltern haben mich gezwungen, etwas Richtiges zu lernen, so hatte ich nur die Wahl zwischen bildender Kunst und Schriftstellerei.

In diesem Moment sehe ich eine Frau an der offenen Tür vorbeigehen. Das gibt's nicht, denke ich, die kenne ich doch!

Schnell hüpfe ich vom Stuhl, ziehe den weißen Kittel über, der an der Tür hängt, und rufe: »Gitti Kramer bitte!« Gitti dreht sich nach mir um. Bevor sie begreift, was passiert, ziehe ich sie ins Behandlungszimmer und presse sie auf den Stuhl.

»Sarah, bist du das?«, fragt mich Gitti.

»Sarah? Kenne ich nicht«, antworte ich.

»Ich habe einen Termin bei Herrn Doktor Schwarz-meier«, sagt Gitti und versucht, sich aus dem Behand-lungsstuhl zu winden.

»Ich weiß«, sage ich und drücke sie auf den Stuhl zu-rück. »Das bin ich. Und jetzt öffnen Sie mal ganz weit den Mund.«

Gitti sieht mich verblüfft an und öffnet schließlich ihren Mund.

»Uiuiui, das sieht aber gar nicht gut aus!«, sage ich auf-munternd. »Na, dann wollen wir mal!«

Ich nehme die Spritze, mit der mich mein Zahnarzt vor einer Stunde betäubt hat, und piekse damit Gitti in den Mund. Sie zuckt zusammen.

Weißt du noch, Gitti, denke ich, weißt du noch, als du mir meinen Heinz weggenommen hast? Ja ja, das sollte man nicht machen, so gemeine Dinge, irgendwann be-kommt man alles zurück.

»Dass Frauen immer so zimperlich sein müssen«, seufze ich kopfschüttelnd und suche einen passenden Bohrer aus.

Gitti hält krampfhaft den Mund verschlossen. Ich quetsche den größten Bohrer zwischen ihre Zähne und beginne draufloszubohren. Weil ich nichts sehen kann, weiß ich nicht genau, in welchen Zahn ich bohre, aber das ist ja auch egal.

Gitti heult auf.

»Tja, wenn Sie endlich mal Ihren Mund richtig öffnen würden, dann würde es auch nicht so weh tun.«

Ich zerre Gittis Lippen auseinander und rufe: »Eieiei! Leider ist der ganze Zahn befallen und eitrig innen, den müssen wir wohl entfernen.«

Mit der Zange reiße ich den angebohrten Zahn heraus. Gitti zuckt erneut zusammen und gibt komische Japsgeräusche von sich. Aus ihrem Mund läuft Blut. Das Blut setzt einen schönen farblichen Akzent auf ihrem nun sehr bleich gewordenen Gesicht.

»Ups«, sage ich, »da sind aus Versehen noch zwei andere Zähne mit rausgekommen. Na so was!«

Mit letzter Kraft steht Gitti auf und schreit mich an: »Sind Sie verrückt?«

In diesem Moment öffnet sich die Tür und mein Zahnarzt kommt hereingestürmt.

»Was ist denn hier los?«

»Ich habe Ihnen etwas geholfen, Herr Doktor. Es war ein Notfall.«

Mein Zahnarzt starrt Gitti an.

»Lassen Sie mal sehen!«, sagt er schließlich und öffnet Gittis Mund.

Seine Augen beginnen zu funkeln.

»Sehr gute Arbeit, Frau Hakenberg!«, sagt er und schüttelt mir die Hand.

Gitti läuft schreiend nach draußen.

Mein Zahnarzt sieht mich freudestrahlend an.

»Frau Hakenberg«, raunt er mir schließlich zu, »ich danke Ihnen vielmals! Diese Frau eben, das war Gitti Kramer, eine wirklich schamlose Frau. Acht Jahre hat sie sich von mir aushalten lassen, bis sie mich plötzlich verlassen hat, für einen Idioten namens Heinz.«

»Es war mir eine Ehre, Herr Doktor Schwarzmeier!«

»Jörg«, sagt er.

»Sarah«, sage ich.

Jörg verriegelt die Tür, reißt mich an sich und küsst mich. Hut ab, denke ich, er hat mindestens drei Knollen mehr Knoblauch gegessen als ich.

FRED

oder
Die Geburtstagsparty

Ein gewöhnlicher Morgen. Ich schlendere mit Bruce Willis nackt am Strand entlang. Über uns prangt ein grünrot gestreifter Himmel, es riecht nach Zitronenkuchen.

Das Telefon klingelt. Benommen krieche ich auf allen Vieren aus dem Bett und hebe ab.

»Bruce?«, frage ich.

»Hier ist der Opa. Alles Gute zum Geburtstag!«

Ach ja, stimmt. Ich habe heute Geburtstag.

»Danke, Opa«, murmle ich, lege den Hörer auf und mich selbst ins Bett zurück.

Gut, dass es Freunde und Verwandte gibt, die anrufen und mich daran erinnern, dass ich Geburtstag habe! Sonst würde ich ihn jedes Jahr glatt vergessen.

Gähnend schlurfe ich in die Küche und öffne den Kühlschrank. Dort finde ich Marmelade, eine weich gewordene Zucchini und einen braunen Käfer.

Während ich zwei Marmeladenbrote esse, spiele ich mit dem Käfer Tauchen in der Marmelade. In diesem Moment klingelt schon wieder das Telefon. Ich seufze. Wenn das mit den Geburtstagswünschen den ganzen Tag so weitergeht, könnte es anstrengend werden. So viel Gutes, was man am Geburtstag gewünscht bekommt, kann doch kein Mensch ertragen. Nietzsche wäre übel geworden. Aber was soll's, sie meinen es ja nur gut.

Ich hebe den Hörer ab.

»Hallo Sarah!«

»Hallo Heike!«

»Ich wollte dich nur mal wieder daran erinnern, dass du mir noch 50 Euro schuldest. Könntest du sie mir heute Abend vorbeibringen?«

Ich schweige.

»Klar«, sage ich dann.

»Ist irgendetwas?«, fragt Heike.

Ich verneine und lege auf.

Unglaublich, Heike hat meinen Geburtstag vergessen! Ich stopfe den Käfer bis ganz unten ins Marmeladenglas und schließe den Deckel. Ja, die Welt ist grausam.

Mein Mailpostfach quillt sicher über vor Geburtstagswünschen, denke ich und fahre genüsslich meinen Computer hoch. Von wegen. Ich finde eine Zahlungserinnerung und ein Angebot, meinen Penis zu verlängern. Das ist alles. Was ist nur los mit meinen Freunden?

Um mir die Zeit zu vertreiben, backe ich mir einen Schokokuchen. Ich öffne die Smartiesdose und überlege: Wie alt bin ich heute eigentlich geworden? Kurzerhand klebe ich mit Smarties eine 16 drauf und fühle mich gleich etwas besser.

Dann schreibe ich eine Massenmail an meinen gesamten Verteiler: »Jeder, der mich heute besucht, bekommt ein Stück Smartieskuchen!« Sozusagen als Wink mit dem Geburtstagspfahl.

»Hi Sarah«, schreibt meine Schwester sofort zurück. »Was ist los? Bist du krank?«

Bis auf Opa haben alle meinen Geburtstag vergessen, sogar mein Freund. Mein Freund vergisst normalerweise nie etwas. Im Gegenteil, er wirft mir sogar immer vor, dass ich immer alles vergessen würde. Der kann was erleben!

Ob sich vielleicht absichtlich keiner bei mir meldet, weil ich auch immer die Geburtstage der anderen vergesse? Das wäre ja unerhört! Pah, denke ich, ich kann auch ohne euch meinen Geburtstag feiern! Ich komme auch sehr gut alleine zurecht. Aus einem alten Karton bastle ich eine Krone und setze sie mir auf. Dann decke ich den Tisch, verteile Kuchenstücke auf fünf Teller und schenke in jedes der fünf Gläser Wein ein. Wenn meine Freunde alle nicht mit mir Geburtstag feiern wollen, dann feiere ich eben mit meinen Kuscheltieren. Mist, mir fällt ein, dass ich ja außer meinem Teddy gar keine Kuscheltiere mehr habe. Ich setze meinen Teddy vor einen der Teller und vor die anderen eine grüne Leuchtspinne, meinen Klammeraffen und meinen Locher.

»Na dann«, rufe ich meinen neuen Freunden zu, »haut rein!«

Ein paar Stunden später ruft Heike an.

»Kommst du jetzt endlich?«

So was, das hatte ich doch glatt vergessen! Ich nehme einen 50-Euro-Schein aus meinem Geldbeutel und ziehe mir Schuhe und Jacke an.

Aber natürlich, so wird es sein! Meine Freunde planen bei Heike eine Überraschungsparty! Wieso bin ich da nicht gleich draufgekommen? Diese schlauen Füchse! Ich ziehe mir die Jacke wieder aus, dafür ein schickes Kleid an und mache mich auf den Weg zu Heike.

Welche Hausnummer hat sie gleich wieder? Na ja, denke ich, die Straße ist ja zum Glück nicht so lang. Aber wie heißt Heike gleich wieder mit Nachnamen? Eine Dreiviertelstunde später klingle ich an ihrer Tür. Heike öffnet im Schlafanzug. Ziemlich authentisch gibt sie vor, müde zu sein.

»Na, gib schon her«, sagt sie.

»Ihr könnt jetzt rauskommen!«, rufe ich in Heikes Wohnung.

»Wer?«, fragt Heike irritiert.

»Jetzt tu doch nicht so!«, sage ich zu Heike. »Ich hab euch durchschaut!«

»Okay, Sarah, ist ja gut. Gibst du mir jetzt trotzdem meine 50 Euro? Ich will nämlich endlich ins Bett.«

Ich werfe den Geldschein auf den Boden und schreie Heike an.

»So ist das, ja? Solche Freunde seid ihr also! Weil ich immer alles vergesse, wollt ihr euch jetzt rächen. Toll, ich hab's verstanden. Sehr originell. Auf solche Freunde kann ich verzichten! Solche Freunde brauche ich nicht!«

Wütend knalle ich die Tür hinter mir zu und fahre weinend nach Hause zurück. Weil ich plötzlich nicht mehr weiß, in welcher Straße ich wohne, dauert es eine ganze Weile, bis ich zurückgefunden habe. Als ich endlich die Wohnungstür hinter mir schließe, klingelt mal wieder das Telefon.

Ich hebe ab und brülle: »Alles Gute zum Geburtstag!«

Klick, aufgelegt. Da hab ich mal jemanden verwirrt.

Das Telefon klingelt erneut.

»Hallo, Sarah, hier ist Fred!«

Wer ist Fred? Ach ja, mein Freund.

»Alles klar?«, fragt er.

Ich schweige.

»Ist irgendetwas?«

»Ja«, schnaube ich, »stell dir vor, ich habe heute Geburtstag!«

Fred lacht.

»Heute ist der 9. Juli«, sagt er. »Dein Geburtstag ist am 21. Dezember.«

So eine Gemeinheit! Ich knalle den Hörer auf.

Stimmt schon, wenn heute der 9. Juli ist, habe ich tatsächlich nicht Geburtstag. Aber da kann man doch netter reagieren! Jeder kann doch mal einen Tag verwechseln. Das ist doch nur menschlich. Außerdem habe ja gar nicht *ich* den Tag verwechselt, sondern Opa. Er ist also schuld.

Ich suche Opas Nummer in meinem Adressbuch und rufe ihn an. Niemand hebt ab. Wo ist er nur? In diesem Moment fällt mir ein, dass ich ja schon seit 13 Jahren keinen Opa mehr habe.

Na ja, wie auch immer, ich bin enttäuscht von Fred. Ich habe nämlich gar nicht am 21. Dezember Geburtstag, sondern am 21. November. Schrecklich, dass sich dieser Typ aber auch einfach gar nichts merken kann!

NiCK

oder

Der DSDS-Star

Ich habe gerade keinen Freund. Na ja, zur Abwechslung kann ich ja auch mal über etwas anderes schreiben. Ein bisschen gelangweilt surfe ich im Internet herum. Vielleicht habe ich ja Glück und finde ein hübsches Thema für eine neue Geschichte.

Ich entdecke ein Bild von Angelina Jolies Tattoo und ein anderes, auf dem der neue Freund von Madonna zu sehen ist. Wow, ihr Freund ist 28 Jahre jünger als sie. Vielleicht schreibe ich eine Geschichte darüber, wie Angelina Jolies Tattoo in 28 Jahren aussehen wird – oder wie Madonna in 28 Jahren aussehen wird. Es dürfte so ziemlich aufs Gleiche hinauslaufen.

So richtig kreativ macht mich das Surfen nicht. Ist ja auch kein Wunder, Internet soll ja eher abstumpfen. Ich gucke also nach, was heute Abend im Fernsehen läuft. Na bitte, wunderbar, auf RTL kommt DSDS –

»Deutschland sucht den Superstar«. Das gucke ich mir an!

Mit Chips und Wein bewappnet sitze ich abends vor dem Fernseher. In einem riesigen Saal mit bunten Scheinwerfern und kreischenden Teenies tritt eine Blondine auf die Bühne, imitiert Britney Spears und reißt sich dabei sämtliche Kleider vom Leib.

Als nächstes versucht sich eine hübsche Dunkelhaarige an einem Lied von Whitney Houston. Eigentlich gar nicht so schlecht, denke ich. Wenn ich genau hinhöre, eigentlich verdammt gut. Und sie hat sogar Ausstrahlung. Ach so, sie heißt ja auch Sarah.

Nach dem vermutlich einzigen echten Highlight der Sendung betritt ein Milchgesicht die Bühne, das, so erzählt der Moderator, schon in der Schule gemobbt worden ist. Das Arme.

Es folgt ein Hip-Hopper, der einen Song von Xavier Naidoo krächzt, und eine dauergrinsende Ziege, die »Like a virgin« meckert.

So ein Schwachsinn, denke ich. Diese Sendung ist so schlecht, dass sie nicht mal für eine neue Geschichte zu gebrauchen ist. Na ja, bald bin ich ja erlöst, denn jetzt kommt der letzte Kandidat an die Reihe: der Tellerwäscher Nick, ach Gott, wie niedlich, mit einem Song von James Blunt.

Puh, geschafft, die Sendung ist vorbei, ich kann den

Fernseher ausschalten. Vor dem Schlafen hänge ich noch meine Wäsche auf.

Unglaublich, denke ich, dass es so viele Menschen gibt, die sich jeden Samstag freiwillig diesen Mist reinziehen. Und dann geben sie auch noch Unmengen an Geld aus, um ihren Favoriten mit teuren Anrufen zu unterstützen! Schlimm ist das.

Kurz darauf liege ich im Bett und muss plötzlich an Nick und seine niedlichen Ringellocken denken. Schnuckelig ist er ja schon. Wie alt der wohl ist?

Als ich am nächsten Tag meine Mails checke, komme ich rein zufällig auf die Webseite von DSDS.

Ups, was ist denn das? Ganz aus Versehen habe ich auf Nicks Video geklickt. James Blunt alias Nick ertönt. Na ja, denke ich, jetzt, wo es nun mal läuft, kann ich es mir ja auch noch bis zum Schluss anschauen. Und wenn ich schon mal dabei bin, kann ich ja auch noch schnell einen Blick auf seinen Steckbrief werfen. 17 Jahre alt ist er also. Wusste ich's doch, im Grunde ist er noch ein kleiner Junge.

Eine Woche später, ich sehe gerade eine Dokumentation über Regenwürmer auf Arte, schaltet sich mein Fernseher plötzlich auf RTL um. So was. Da muss ich wohl aus Versehen mit dem Ellbogen auf die Fernbedienung gekommen sein. Witzigerweise läuft auf RTL wieder DSDS. Was soll's, schreibe ich eben doch noch eine kritische Geschichte darüber. Obwohl die Dokumentation über Regenwürmer sehr packend war, zwinge ich mich also DSDS anzugucken.

Um die Recherche für meine Geschichte zu vertiefen, sehe ich mir nach der Sendung auf der DSDS-Webseite noch einmal Nicks Video an. Ich habe mich nämlich dazu entschlossen, Nick in den Mittelpunkt meiner kritischen Geschichte zu stellen. Dabei entdecke ich auch ein Video-Interview mit ihm.

Mir ist vorher nie aufgefallen, dass badisch auch so hübsch klingen kann! Aber Moment mal, Baden – ich klicke zurück auf Nicks Profil. Das gibt's ja nicht! Sein Wohnort ist gerade mal eine Stunde von mir entfernt. In dieser Gegend wollte ich ja auch schon lange mal Urlaub machen. Zufälle gibt's!

Unter dem Interview finde ich eine lange Reihe von Kommentaren weiblicher Fans. Lauter kleine Mädchen, die in »ihren Nicki« verliebt sind. Schrecklich, nicht mal den Satzbau beherrschen diese Gören! Die meisten sind erst zwischen 12 und 14 Jahren alt, aber es ist auch eine 17-Jährige dabei.

Wie peinlich, in ihrem Alter verliebte Kommentare über einen DSDS-Sänger im Internet zu veröffentlichen! So etwas hätte ich mit 17 nie gemacht. Im Gegenteil, mit 17 war ich schon sehr reif und erwachsen. Nick scheint mir übrigens für sein Alter auch schon sehr reif zu sein.

Diese kleinen Pferdeschwanz-Mädchen, die hier ihre Kommentare schreiben, haben doch überhaupt keine Chance bei Nicki! Der will eine reife Frau, das spüre ich doch! Eine mit Erfahrung, jawohl. Eine, die ebenfalls Künstlerin ist, und die ihm Tipps und Tricks geben kann, beruflich, sexuell.

Ich zum Beispiel würde perfekt zu Nicki passen. Madonnas Freund ist 28 Jahre jünger als sie, dagegen sind doch läppische 13 Jahre gar nichts. Aber natürlich interessiert mich dieser Typ nicht. Ich begebe mich schließlich nicht auf das Niveau dieser kleinen verkommenen Mädchen.

Nächsten Samstag wird es vermutlich knapp für Nicki. Vielleicht rufe ich ja doch ein paar Mal für ihn an. Da das Hauptaugenmerk meiner kritischen Geschichte auf ihm liegt, wäre es schließlich von rein literarischem Interesse, wenn er noch etwas länger in der Sendung bliebe.

Das Telefon klingelt.

»Hallo Sarah!«

»Hallo Heike!«

»Ich feiere am Samstag mein bestandenes Examen. Du kommst doch?«

»Oh«, sage ich. »Samstag … Mist, da kann ich nicht.«

»Was?« fragt Heike enttäuscht, »warum denn nicht?«

»Da … ääh, da ist die Beerdigung von meinem Opa.«

»Du hast doch gar keinen Opa mehr!«

Herrje, dass ich mir das aber auch nie merken kann!

»Doch, es ist sozusagen mein Halbopa, du weißt, wir haben komplizierte Familienverhältnisse. Von dem wusste bisher niemand etwas, aber jetzt wissen es alle, und er ist tot.«

»Na gut«, sagt Heike mürrisch. »Ich feiere ja sowieso abends. Du kannst ja dann nach der Beerdigung kommen.«

»Nein«, sage ich. »Die Beerdigung findet ausnahmsweise abends statt, um 20.15 Uhr, um genau zu sein, und sie dauert bis, Moment« – ich blättere in der Fernsehzeitschrift – »00.05 Uhr!«

Natürlich wäre ich viel lieber zu Heikes Party gegangen, als mir zu Hause DSDS anzugucken, aber ich muss ja nun mal recherchieren für meine kritische Geschichte.

Gebannt sitze ich am Samstag vor dem Fernseher. Bevor Nick anfängt zu singen, zeigt RTL ein kleines Video von ihm, seinen Freunden und dem Dorf, in dem er lebt.

Wie bitte? Das kann nicht sein! Nicki hat eine Freundin? Und die ist erst 16 Jahre alt?

Ich schlucke. So ein mieser, kleiner Kerl! Erst will er ganz offensichtlich mit mir anbandeln, und jetzt nimmt er plötzlich eine nichtssagende, unreife 16-Jährige!

Ich rufe Thorsten an. Thorsten ist zehn Jahre älter als ich und wollte schon vor Jahren mit mir zusammen sein.

»Du könntest jetzt mein Freund sein!«, sage ich.

»Super!«, freut sich Thorsten. »Ich mach nur schnell

mit Lisa Schluss, sag dem Kleinen Tschüss und komm rüber!«

Na bitte, auf die älteren Männer ist wenigstens noch Verlass.

SCHORSCH

oder

Der Priesteranwärter

Was gibt es nicht alles für Leid auf der Welt!

In Kalifornien regiert ein ehemaliger Terminator, Praktikanten erhängen sich, Dieter Bohlen erhängt sich nicht und Johannes Heesters singt immer noch.

Und trotz allem, als wäre das nicht schon genug Leid, gibt es immer noch Priester, die sich weigern zu poppen. Die einzige Freude auf der Welt, die uns Menschen geblieben ist, die einzige Lust, die wir noch verspüren können, und ein paar Wenige entsagen ihr.

Selbstlos, wie ich nun mal bin, beschließe ich deshalb, diese Wenigen von ihrer Qual zu erlösen. Am klügsten ist es wohl, sie in ihren jungen Jahren abzufangen, bevor es zu spät ist, bevor sie sich also freiwillig in den Rachen der Kirche werfen. Und so ziehe ich wieder einmal aus, um die Welt zu verändern, um das wenig Schöne und Gute, was uns noch geblieben ist, zu verteidigen auf diesem untergehenden Planeten! Ich begebe mich auf die Suche nach Priesteranwärtern.

Es ist nicht schwer, diese Spezies aufzufinden; ich finde sogar gleich einen ganzen Haufen davon, in einer »Christlichen Stätte der Begegnung«.

Um da hineinzugehen, brauche ich allerdings viel Überwindung, denn normalerweise lernt man in »Christlichen Stätten der Begegnung« Menschen kennen, denen man lieber nicht begegnen möchte. Aber jetzt bin ich drinnen, ich habe mich bezwungen und stürze mich auf sie. Ich sehe Bubifrisuren, dicke Brillen und bis oben hin zugeknöpfte Polohemden, die in Karotten-Jeans gestopft worden sind. Einer von ihnen trägt Spuckebatzen im Mundwinkel.

Meine Aufopferungsbereitschaft ist groß, aber die hier versammelten Männer scheinen, zumindest ihren flehenden Blicken zufolge, der wahnwitzigen Idee der Enthaltsamkeit gar nicht allzu sehr anzuhängen. Mit anderen Worten: Ihre Enthaltsamkeit entspricht keiner wahnwitzigen Idee; sie haben keine andere Wahl.

Wen dann also werde ich heute Nacht erlösen? Als ich erneut in die Runde schaue, öffnet sich die Tür und, kaum zu glauben, ein Engel schwebt herein. Blonde Locken, schmale Wangen, leicht gebräunte Haut, ein Angelus Adonis.

Gott, denke ich, es gibt dich also doch!

Der Engel schwebt direkt auf mich zu und – ja, er spricht mich tatsächlich an.

»Chönen guten Tach auch, ich bin Chorch Chmidt.«

Gut, es gibt also doch keinen Gott.

»Wer?«, frage ich.

»Chorch Chmidt!«

»Wer?«

»Chorch Chmidt!«

»Ach so«, sage ich. »Schorsch Schmidt!«

»Chon gut! Chon gut!«, sagt Schorsch. »Ich kann kein ›Ch‹ chprechen.«

»Sch«, verbessere ich ihn.

»Was?«

»Du kannst kein Sch sprechen.«

»Sag ich ja.«

»Nein, du hast Ch gesagt. Heißt aber Sch!«

»Ch!«

»Ne! Sch!«

»Ch!«

»Ne! Sch!«

»Ch!«

Und schon sind wir in ein munteres Gespräch verwickelt. Tatsächlich gelingt es mir, dass Schorsch mich noch an diesem Abend mit zu sich nimmt.

»Für ein chönes kleines Abendgebet zu zweit!«, sagt er.

»Ja«, sage ich. »So kann man es natürlich auch nennen.«

Schorsch ist doppelte Jungfrau. Sternzeichen und sexueller Status stimmen bei ihm überein. Ein Mann zu sein und doch zweimal Frau, das stelle ich mir hart vor. Aber Schorsch scheint es ganz gut zu verkraften.

Normalerweise wollen Männer immer ganz schnell mit mir ins Bett. Am besten gleich am ersten Abend und dann am nächsten Morgen wieder und dann wieder nach dem Frühstück, oder sogar während des Frühstücks. Schorsch ist anders. Er will nicht mal mit mir ins Bett, als ich will.

Zuerst probiere ich es mit dem gewöhnlichen Mittel: mit Gewalt.

»Na ja«, lenkt Schorsch sofort ein. »Interessieren würde es mich natürlich chon.«

»Ich sag's auch niemandem weiter!«, lüge ich.

»Na gut. Was soll ich machen?«

Mein T-Shirt bringt ihn bereits ins Schwitzen, aber beim BH verzweifelt er vollkommen. Wir gehen deshalb dazu über, uns selbst auszuziehen.

Und da steht er vor mir. Die engelsgleiche Gestalt mit gebräunter Haut, muskulösem Oberkörper, schlanken Beinen, aber – Moment mal, da fehlt doch was …

»Schorsch«, sage ich. »Da fehlt doch was bei dir!«

»Was denn?« Schorsch sieht mich entsetzt an.

Und da, beim ganz genauen Hinsehen, sehe ich es.

»Was fehlt?«, fragt er bestürzt.

»Nee, ist okay, ich hab mich vertan. Ist doch da.«

Zu meiner großen Überraschung stürzt sich Schorsch auf mich.

»Ich bin drin!«, schreit er jauchzend.

»Nein, bist du nicht!«, schreie ich zurück.

»Doch. Guck!«

Ich gucke.

»Ach. Tatsächlich …«

Schorsch ist begeistert und will am nächsten Morgen gleich wieder und dann wieder während des Frühstücks. Feierlich eröffnet er mir, dass er das Priesterseminar sausen lassen möchte.

»Ich habe eine viel chönere Bechäftigung gefunden!«, ruft er.

Wenn ich das nächste Mal die Welt retten will, da bin ich mir jetzt sicher, kämpfe ich doch lieber für ein Singverbot für Johannes Heesters.

RÜDiGER

oder
Der Profikiller

Mein Freund Rüdiger ist Profikiller. Er hat schon mehr
Männer umgebracht als ich Exfreunde habe. Als wir unsere Listen verglichen, stellten wir fest, dass sich unter
seinen Opfern witzigerweise auch zwei meiner ehemaligen Exfreunde befinden. Was haben wir über diesen
Zufall gelacht! Jaja, die Welt ist klein.
Rüdiger ist ein sehr charmanter und aufmerksamer
Mann. Wenn er von der Arbeit nach Hause kommt,
bringt er mir oft ein kleines Geschenk mit. Einfach so,
unheimlich nett. Erst vor zwei Wochen hat er mir beispielsweise einen wunderschönen Ohrring mitgebracht.
Gut, da war noch ein Stück Ohrläppchen mit dran, aber
natürlich achtet ein echter Profikiller nicht auf solche
Kleinigkeiten.
Manchmal kann es auch sehr praktisch sein, einen Pro-
fikiller als Freund zu haben. Mein ehemaliger Latein-

lehrer zum Beispiel, der alte Sexist, hat inzwischen seinen letzten Blondinenwitz erzählt. Überhaupt, finde ich, sind die Menschen viel netter zu mir, seit sie wissen, dass mein Freund Profikiller ist. Meine Nachbarin, die sich jeden Tag lautstark mit ihrem Mann streitet, kommt jetzt regelmäßig vorbei und bringt Rüdigers Lieblingskuchen. Aber natürlich hat es auch Nachteile, einen Profikiller als Freund zu haben. Nachts brechen ständig irgendwelche Drogendealer und Mafiabosse bei uns ein, die Rüdiger töten wollen. Er ist zwar immer schneller als sie und metzelt sie alle nieder, aber ich muss am nächsten Tag die Sauerei wegmachen.

Zum Glück hat er mir vor ein paar Wochen ein Beil mitgebracht, mit dem ich die Leichen in Einzelteile zerhacken kann; so sind sie leichter zu entsorgen.

Am Anfang ist mir natürlich furchtbar schlecht geworden, und ich hatte Albträume wegen der abgehackten Körperteile. Aber Rüdiger war unheimlich geduldig mit mir. Er weiß ja, dass ich ein besonders sensibler Mensch bin. Deshalb hat er mir am Anfang ein totes Schwein mitgebracht zum Zerhacken, dann eine tote Katze und dann einen toten Hund. So konnte ich mich ganz langsam daran gewöhnen.

Neulich hat sich allerdings ein ziemlich schlimmer Unfall ereignet. Wir saßen gerade beim Abendessen, als von außen die Tür meiner Wohnung aufgeschlossen wurde.

Ein fremder Mann mit Aktentasche kam in die Küche und starrte uns an. Rüdiger hat sofort ganz toll reagiert und mit dem Brotmesser auf ihn eingestochen. Als ich den Mann tot auf dem Boden liegen sah, habe ich ihn dann auch wiedererkannt: Es handelte sich um meinen Freund Norbert.

Ich hatte nämlich völlig vergessen, dass ich ja eigentlich noch mit Norbert zusammen war! Er kam an diesem Tag vermutlich von einer seiner langen Geschäftsreisen wieder.

Als ich Rüdiger erklärte, wen er eben umgebracht hatte, war er geschockt. Mindestens eine Stunde lang lief er im Wohnzimmer auf und ab und repetierte: »Ich habe deinen Freund umgebracht, ich habe deinen Freund umgebracht!«

Auch am nächsten Tag war Rüdiger wie ausgewechselt. Anstatt zur Arbeit zu gehen, saß er den ganzen Vormittag im Schaukelstuhl und starrte an die Decke. Als ich ein paar Stunden später vom Einkaufen wiederkam, lag er vor dem Fernseher, trank Kamillentee und guckte »Anna und die Liebe«.

Aus lauter Verzweiflung rief ich meinen Exfreund Peter an, der Psychologe ist. Peter hat mir erklärt, dass diese Phase bei Profikillern ganz typisch sei. Es handle sich um die sogenannte »Killerkrise«.

Wenn Rüdiger die nächsten Tage nicht aus seinem apathischen Zustand herauskäme, wäre es besser, er würde seinen Beruf als Profikiller aufgeben.

Leider blieb Rüdigers Zustand bisher unverändert. Gerade sitzt er auf dem Teppich und spielt mit meinem Teddy und meiner Leuchtspinne »Vater, Mutter, Kind«.

Ab morgen kommt Rüdiger in psychologische Betreuung. Ich habe mit Peter bereits alles abgesprochen. Er wird in eine Spezialklinik für Profikiller in Krisen und mit Burnout-Syndrom eingeliefert, das »Sankt Quentin Tarantino Hospital«.

Ich hoffe wirklich sehr, dass sich Rüdigers Zustand dort wieder normalisiert. Es wäre furchtbar, wenn sein Leben nun wegen dieser dummen Norbert-Geschichte verpfuscht wäre. Norbert war schließlich nur Unternehmensberater.

DIETER
oder
Der Ungeschickte

Es schmerzt noch immer, wenn ich an Dieter denke.
»Ich lege dir die Welt zu Füßen!«, hatte er gesagt, und
daraufhin den Globus einfach fallenlassen.

SASCHA
oder
Das große Finale

Meine Freundin Heike hat lange Beine, blonde Wallehaare, einen Riesenbusen und ein hässliches Gesicht.
Hätte sie ihr hässliches Gesicht nicht, wäre sie nicht
meine Freundin geworden, denn dann hätte sie mir alle
Männer weggeschnappt. (Dachte ich zumindest, denn
schnell bemerkte ich, dass den meisten Männern lange
Beine, blonde Wallehaare und Riesenbusen vollkommen
ausreichen.)
Heike blieb trotzdem meine Freundin, denn glücklicherweise zählt sie nicht zu dem willigen Typus Frau. Im
Gegensatz zu Heike bin ich eigentlich immer willig. Deshalb finden es die Männer auch nicht so schlimm, dass
ich nicht wallehaarig bin und langbeinig und riesen-
busig. Willig – das ist schon mal viel wert bei einer Frau!
Heikes Freund heißt Heiko und hat ebenfalls lange
Beine, blonde Wallehaare und ein hässliches Gesicht,

so dass ihn eigentlich nur der fehlende Riesenbusen von Heike unterscheidet.

Neulich erzählte mir Heike, dass sie sich mit Heiko verlobt hätte. Prompt wurde ich ein bisschen melancholisch. Na ja, dachte ich dann, solange sie nicht heiraten und Kinder kriegen.

Das Telefon klingelt, es ist mal wieder Heike.

»Sarah, ich bin schwanger!«

»Was?«

»Ja!«

»Nein!«

»Doch! Und im Sommer werden wir auch heiraten!«

»Was?«

»Ja!«

»Nein!«

»Doch!«

»Krass.«

Ich beschließe, ein bisschen durch die Stadt zu schlendern, um mich von meiner Melancholie abzulenken. Als ich an einer roten Ampel warte, entdecke ich ihn auf der anderen Straßenseite: Rudi!

»Rudi!«, schreie ich. »Bleib stehen!«

Der Autolärm ist zu laut. Rudi hört mich nicht und schlurft weiter die Straße entlang.

Ich darf ihn nicht wieder gehen lassen, denke ich und renne kurzerhand über die Straße.

»Rudi!«, schreie ich wieder. Und tatsächlich, er dreht sich nach mir um und – tuuut – peng!

Na klasse. Ein Auto hat mich angefahren und tödlich verletzt.

So was Doofes aber auch! Da treffe ich endlich meine erste Liebe wieder und ausgerechnet dann muss ich sterben.

Vor mir erblicke ich einen langen, dunklen Tunnel, in dem nun mein bisheriges Leben an mir vorüberflitzt: Rudi, Andi, Andy, Stefan, Basti, Andi, Uli, Stephan, Michi, Andreas, Michi, Andi, Florian, Tobi, Janni, Timmi, Tommi, Timo, Manni, Jimmi, Ronny, Kai, Klaus-Peter, Dorian und so weiter und so weiter.

Dann öffnet sich die Himmelspforte. Ein hübscher Engel steht an der Pforte gelehnt und lächelt mich verschmitzt an. Komisch, an wen erinnert er mich nur?

»Grüß dich, Sarah«

»Knut! Na so was! Das ist ja witzig, dich hier zu treffen.«

»Aber, aber! Wer wird denn da schon wieder rot?«

In diesem Moment spüre ich, wie mir jemand von hinten auf die Schulter tippt. Ich drehe mich um und sehe einem zweiten Engel in die Augen, der mir ebenfalls seltsam bekannt vorkommt.

»Chönen guten Tach auch!«

»Schorsch?«, frage ich verdutzt.

»Oh nein, ich bin Chorchs Bruder! Ich heiße Sacha.«

»Ach«, sage ich. »Und wo ist dein Bruderengel Schorsch?«

»Chorch ist auf der Erde geblieben, der Chelm. Er ist ein Chwerenöter geworden. Und daran bist du chuld!«

»Ich? Wieso das denn?«

»Weil du ihn chamlos verführt hast! Deshalb wirst du von uns bechtraft!«

»Einspruch!«, rufe ich. »Wir sind im Himmel und nicht in der Hölle.«

Sascha winkt ab.

»Ach, den Unterchied gibt's chon lang nicht mehr. Im Rahmen eines großen Chparprogramms mussten Himmel und Hölle fusionieren.«

»Aha«, sage ich. »Und was passiert jetzt mit mir?«

»Du kannst zwichen zwei Chtrafen auswählen: Entweder du wirst von uns hier oben von früh bis chpät chikaniert oder wir chicken dich auf die Erde zurück.«

»Na«, sage ich. »Dann gehe ich doch lieber wieder zurück auf die Erde.«

»Chön, chön«, sagt Sascha und grinst. »Du darfst aber nie mehr wiederkommen.«

»Nie?«, frage ich unsicher.

»Nie! Und du wirst chöne Männer kennenlernen und cheußliche, chlanke und chwere, chlaue und bechränkte, chportliche und unchportliche, aber die Liebe – die Liebe wird immer cheitern! Und nun geh. Tchüss!«

Epilog:

Neulich habe ich eine Postkarte von Knut aus dem Himmel bekommen. Er hat sich dort einer Grufti-Band angeschlossen und ist seitdem so ausgeglichen wie nie zuvor.

Von Schorsch habe ich auch eine Karte bekommen. Er hat auf Gran Canaria einen Puff eröffnet.

Heiko und Heike haben inzwischen eine kleine Tochter namens Meike. Sie hat niedliche blonde Flaumhaare und ein hässliches Gesicht.

Rudi bin ich nie mehr begegnet, trotzdem warte ich tagtäglich darauf. Irgendwann werde ich ihm bestimmt wieder über den Weg laufen und dann werde ich Saschas Fluch entkommen und wir werden heiraten und Kinder haben mit niedlichen Gesichtern und Topffrisuren. Bis es so weit ist, vergnüge ich mich mit Heribert. Er ist ein schwäbischer Schweinezüchter und kann kein »ch« sprechen.

Mal sehen, wie lange es gut geht.

DiE ZUGABEN

Für Eva Herman

Kinderliebe

Heike hat mich gebeten, auf ihre Tochter Meike auf-
zupassen, damit sie an ihrer Doktor-Arbeit weiterschrei-
ben kann. Nichts lieber als das, denn ich finde Kinder
toll.

Das einzige Kind, auf das ich bisher aufpassen durfte,
war mein kleiner Bruder. Weil er mich haute, haute ich
zurück. Die Taktik funktionierte eigentlich ganz gut.
Ich nehme mir vor, falls Heikes Kind mich hauen sollte,
ebenfalls zurückzuhauen.

Um dem Kind eine Freude zu machen, bringe ich ihm
ein Buch über Che Guevara mit.

Heike öffnet und ich betrachte das Kind auf ihrem Arm.
Was für ein Schock! Ein ausgesprochen hässliches Kind
mit Riesenkopf guckt mich entgeistert an.

Ich strecke ihm meine Hand entgegen und sage: »Guten
Tag.« Das Kind starrt mich weiterhin mit offenem Mund
an und fängt dann an zu heulen. Also nicht nur hässlich,
denke ich, sondern auch noch dumm. Ich beschließe,

dass ich dieses Kind nicht hauen werde – es hat schon so sein Kreuz zu tragen.

»Ich habe dir etwas mitgebracht!«, sage ich, um es etwas aufzumuntern. »Ein Buch über Che Guevara!«

Heike lacht. Es könne doch noch gar nicht lesen, meint sie.

»Ach«, flüstere ich, »es ist wohl etwas unterbelichtet.«

»Nein!«, ruft Heike empört. »Das ist doch ganz normal mit acht Monaten!«

Heike zögert zuerst, lässt mich dann aber doch mit dem Kind allein im Wohnzimmer.

Das Kind sitzt auf seiner Decke und sabbert. Ich nehme ein Tuch und wische etwas angewidert den Sabber weg. Da kommt neuer Sabber. Ich wische den neuen Sabber weg. Das Kind fängt ein drittes Mal an zu sabbern.

Ich laufe ins Arbeitszimmer.

»Heike!«, rufe ich aufgebracht. »Dein Kind hat irgendeine Krankheit, das sabbert die ganze Zeit, voll eklig, vielleicht Tollwut!«

Nachdem mich Heike beruhigt hat, gehe ich ins Wohnzimmer zurück, wo das Kind blödsinnig grinsend auf mich wartet.

»Na«, sage ich, »jetzt werden wir beide mal etwas über Che Guevara lesen«, und schlage das Buch auf.

»Siehst du«, sage ich zum Kind, »wie niedlich Che Guevara war, als er klein war. Der hat nicht gesabbert. An dem solltest du dir mal ein Beispiel nehmen, wenn aus dir etwas werden soll!«

Das Kind rülpst. Dann kotzt es auf Che Guevaras Bild.

Ich setze mich aufs Sofa und beschließe, so zu tun, als hätte ich nichts gesehen.

Das Kind versucht vergeblich auf einen Sessel zu klettern. Jedes Mal fällt es hin und lacht. Unglaublich, denke ich, dieses kleine, dumme Kind steht zu seinem Scheitern! Da könnte sich jeder Erwachsene mal eine Scheibe von abschneiden.

Das wäre toll, wenn ich bei jeder Geschichte, die ich schreibe und die mir misslingt, einfach lachen könnte, anstatt jedes Mal meinen Kopf gegen die Wand zu hauen. Welch starker Charakter muss in diesem hässlichen Kind stecken!

Vielleicht ist es ein König oder so was. Das habe ich mal in einem Film gesehen. In China oder Indien gibt es einen Kaiser, der immer irgendwo wiedergeboren wird, und man weiß nicht wo. Und dann kommen Männer und finden ihn und holen ihn ab und die Mutter ist unglücklich und weint und muss zugucken, wie ihr Kind Kaiser wird, und soll stolz darauf sein.

Es besteht kein Zweifel: Heikes Kind ist auch so ein Kaiser. Bestimmt werden bald die Männer kommen und es abholen. Arme Heike.

Vielleicht kann ich es ja vorher irgendwo verstecken. Ich

darf Heike auf keinen Fall sagen, wo ich den Kaiser hinbringe, sonst würde sie es bestimmt ausplaudern, wenn sie gefoltert wird. Die Chinesen foltern bestimmt noch.

Leise hole ich Schuhe und Jacke, ziehe den Kaiser an und sage zu ihm: »Du musst jetzt ganz stark sein!«

In diesem Moment kommt Heike ins Zimmer.

»Ach«, sagt sie, »ihr geht spazieren?«

»Ja genau«, antworte ich schnell.

Ich nehme den Kaiser auf den Arm und gehe mit ihm nach draußen. Auf der Straße fällt mir ein, dass ich gar nicht weiß, wo ich mit ihm hingehen soll. Mit zu mir nehmen will ich ihn nicht, denn einen sabbernden Kaiser kann ich persönlich nicht gebrauchen.

Spontan beschließe ich, das Kind in einem Waisenhaus abzugeben. Ich setze das Kind auf einen kleinen Spielplatz, an dem wir gerade vorbeikommen, rufe die Telefonauskunft an und bitte um Verbindung mit einem Waisenhaus.

»Guten Tag«, sagt eine Stimme zu mir. »Was möchten Sie jetzt tun? Um ein Kind abzugeben, drücken Sie bitte die Eins. Um einen chinesischen Kaiser abzugeben, drücken Sie bitte die Zwei.«

Ich drücke die Zwei und rufe: »Ich habe den chinesischen Kaiser gefunden!«

»Sind Sie sich ganz sicher?«, fragt mich die Stimme, die diesmal ganz echt klingt.

»Na ja«, sage ich. »Es ist ein ausgesprochen hässliches Kind mit Riesenkopf, das aber über alle seine Fehler erhaben scheint.«

»Nein, ich bedaure«, sagt die Stimme. »In Ihrem Fall handelt es sich ganz bestimmt nicht um den chinesischen Kaiser. Eventuell könnte es sich jedoch um die Wiedergeburt von Franz Josef Strauß handeln! Da kann ich leider nichts für Sie tun, für bayerische Reinkarnationen sind wir nicht zuständig.«

Ein wenig enttäuscht hebe ich die Wiedergeburt von Franz Josef Strauß, die sich gerade Sand in ihren Mund stopft, auf und bringe sie wohlbehalten zu Heike zurück. Heike wirkt seltsam erleichtert, bedankt sich bei mir und verabschiedet sich schnell. Ich gehe beschwingt nach Hause.

Epilog:

Ein Jahr später. Das Telefon klingelt, es ist mal wieder Heike. Aufgebracht erzählt sie mir, dass Meike nun endlich angefangen hätte zu sprechen. Aus rätselhaften Gründen spräche sie jedoch mit bayerischem Dialekt! Na, denke ich, Prost Mahlzeit. Das kann ja noch heiter werden.

Emanzipationsleitfaden für Frauen

Ich bin nicht süß!

Heute bin ich ausnahmsweise mal nicht süß und klein und nett und niedlich und mache das, was ich sonst nicht darf. Obwohl ich ja theoretisch alles darf, aber eben nur theoretisch, weil ich immer noch süß und klein und nett und niedlich sein muss, wenn ich einen Mann abkriegen will, der nicht langweilig ist und blass und dumm.

»Ich bin klein, mein Herz ist rein«, jetzt ist endlich mal Schluss damit! Jetzt gönne ich mir mal einen Tag Pause und mache das, was ich sonst nicht darf. Ich haue einen Mann in den Bauch und er sagt nicht: »Wie süß, mach doch noch mal!«, sondern fällt um. Toll, heute funktioniert das, denn heute bin ich stark wie ein Mann!

Als Belohnung gehe ich danach in eine Kneipe und trinke sieben Bier. Dann verlasse ich schwankend die Kneipe und pinkle an eine Mauer. Im Stehen, natürlich! Gut, muss ich noch ein bisschen üben, aber das wird schon, Übung macht den Meister-Pinkler.

Ups, da kommt ein Rülps! Das macht Spaß, das Rülpsen, finde ich, und deshalb pupse ich auch gleich noch. Und zwar keinen süßen Kleinen, sondern einen richtig lauten, langen Kracher! Der stinkt wie die Pest, jawohl, wir können das auch, wir Frauen!

Schließlich packe ich mir noch an meinen Sack. Mist, da ist ja gar keiner! Aber das macht nichts, gar nichts macht das. Denn vielleicht habe ich nichts, was da zwischen meinen Beinen herumwackelt, aber dafür habe ich eine Brust, die auch wackeln kann, und davon habe ich sogar gleich zwei!

Deshalb packe ich mir ganz lässig an meine Brust und stelle fest: Das befreit ganz ungemein, oh ja, oh ja!

Ich finde, alle Frauen sollten das mal machen, einen Tag als Klischee-Mann einlegen! Und wenn wir schon dabei sind, sollten auch gleich alle Männer einen Tag als Klischee-Frau einlegen. Denn dann wollen alle Frauen rülpsen und an Mauern pinkeln, und die Männer in ihren niedlichen Sommerkleidern sind ganz pikiert und jammern: »Ach Schatz, jetzt hör doch bitte mal auf damit!«

Der Tag ist zu Ende, ich komme nach Hause und bin glücklich. Bis ich etwas an meiner Zimmerdecke erspähe und so bleich werde, wie nur Frauen bleich werden können, direkt über meinem Bett, Hilfe, Hilfe, Hilfe!

Ich schreie so laut, wie nur Frauen schreien können, und zittere so sehr, wie nur Frauen zittern können. Mein

Freund kommt und ist ganz mutig und macht die fette, grüne Spinne weg, und ich bin *so* froh, dass ich kein Mann bin und Spinnen wegmachen muss! Meine eigenen Spinnen und dann auch noch die der Frauen – nein danke, niemals würde ich da tauschen wollen!

Emanzipationsleitfaden für Männer

Neulich habe ich mal wieder bemerkt, wie gemein wir Frauen doch sind.

Mein Freund holte mich am Bahnhof ab, und weil ich eine schwere Tasche dabeihatte, sagte er: »Komm, ich helf dir!«, und ich sagte: »Nein, nein, das geht schon!«

Natürlich habe ich ihn dann trotzdem spüren lassen, wie schwer die Tasche ist, die *ich* trage, und habe sogar ein bisschen gekeucht dabei, bis er mir die Tasche dann also doch abnahm.

Er wollte Bus fahren, aber ich sagte: »Och, ich saß jetzt schon so lange im Zug, weißt du, ich brauche jetzt unbedingt etwas Bewegung und frische Luft.«

Als wir eine Dreiviertelstunde später bei ihm zu Hause ankamen, hat *er* gekeucht. In seiner Wohnung habe ich sofort den Staub unter dem Bett entdeckt und mich natürlich beschwert, dass er nicht geputzt hatte. Er hat gestaubsaugt und – um die Sache wiedergutzumachen – mich danach zum Essen eingeladen.

Männer, setzt euch zur Wehr! Kämpft für eure Rechte! Wir Frauen haben damals unsere BHs verbrannt, setzt ein Zeichen und verbrennt eure Boxershorts!

Lasst euch Bärte wachsen, und wenn sie behauptet, es kratze, sagt ihr: »Deine Beinhaarstoppeln ebenfalls!«

Und was? Ihr helft ihr immer noch in den Mantel? Wer studieren und regieren kann, wird sich ja wohl seinen Mantel selbst anziehen können!

Wenn sie wieder einmal über ihre beste Freundin klagt und euch vorwirft, nicht zuzuhören, sagt nicht: »Doch doch, ich hör dir zu!«, sondern: »Stimmt! Es interessiert mich nämlich nicht!«

Lasst es euch nicht gefallen, bei ihren Shoppingtouren stundenlang vor der Kabine zu warten! Schleicht euch doch nach zwei Minuten einfach mal heimlich davon, kommt mit ein paar Schlabberklamotten zurück und ruft schon von Weitem: »Schatz! Ich hab hier noch was Todschickes! Größe 44. Oder ist das zu knapp?«

Und wenn sie euch mal wieder um Hilfe ruft wegen einer Spinne über ihrem Bett: Schnappt euch ihr Glamourzeitschrift, zermatscht damit die Spinne an der Wand und sagt: »Guck mal, wie süß! Der Fleck sieht aus wie'n Herz.«

Und wenn sie daraufhin in ihrem süffisanten Ton erwidert: »Typisch Steinbock!« –, spart euch die wissenschaftlichen Erklärungen. Bei astrologischen Themen setzt leider selbst der Verstand emanzipiertester Frauen schlagartig aus.

Männer, ich stehe auf für euch!

Denn wenn es auch niemand sehen will und der Großteil der emanzipierten Frauen schon gar nicht – es sind *nicht* nur die Frauen, auch die Männer werden hier zu Lande unterdrückt!

Auf der ganzen Welt kämpfen Frauen für ihre Rechte. Steht auf und kämpft für die euren!

Kämpft für eure Körperbehaarung!

Kämpft für Männerparkplätze!

Und kämpft für maskuline multiple Orgasmen!

Falls sie sich jedoch beschweren sollte, man müsste doch wohl erst mal für die Emanzipation der Frauen kämpfen, dann heult nicht, sondern kämpft tapfer auf ihrer Seite!

Kämpft so lange, bis alle Frauen genauso viel Geld verdienen wir ihr. Denn dann sind wir nämlich tatsächlich gleichberechtigt und ihr habt endlich das Recht, offen gegen uns zu rebellieren.

Das Buch,
das ich morgen schreiben werde

Weil er meinte, es sei wichtig für meine Karriere, hat ein Freund von mir auf YouTube ein Video von meiner »Geschichte, die ich morgen schreiben werde« veröffentlicht.

Um zu überprüfen, ob es tatsächlich funktioniert, gebe ich bei YouTube meinen Namen ein. Plopp, und da erscheine ich auch schon. Unglaublich! Wenn ich schon dabei bin, kann ich mir das Video ja auch gleich mal ansehen. Schon komisch, dass ich das bin. Aber gar nicht so schlecht eigentlich. Ich bin richtig witzig und sehe sogar gut aus!

Als ich am nächsten Morgen aufwache, schaue ich mich auf YouTube an statt im Spiegel. Das gibt neue Energien und lässt mich den Tag viel positiver beginnen.

Weil ich gegen Mittag aus Versehen doch in den Spiegel schaue, sehe ich mir das Video gleich noch ein paar Mal an, um mich wieder aufzumuntern. Neben dem Video steht nun eine kleine 13.

13 Leute haben sich also bereits mein Video angeguckt, und das in so kurzer Zeit! Ach ja, mich selbst muss ich natürlich abziehen, also doch nur vier, aber immerhin. Vier Leute, die vorher vermutlich noch nie etwas von mir gehört haben!

Als ich nachmittags zum Einkaufen gehe, beobachte ich die Leute auf der Straße. Es könnte ja sein, dass mir einer der Vier entgegen kommt und mich erkennt. Diese Frau zum Beispiel, wie die mich anguckt, so bewundernd, fast neidisch, die hat mich bestimmt wiedererkannt. Oh Mann, ich glaube, ich bin berühmt! Gut, erst bei vier Leuten, aber das lässt sich ja ausbauen.

Ab jetzt verfolge ich jeden Tag stolz die stetig steigende Zuschauerzahl meines Videos. Nach nur einem Monat haben bereits 256 Leute mein Video angesehen. In nur wenigen Wochen werden es 500 sein, dann 1000, 2000, 20 000, 200 000. Ich habe es geschafft, endlich, und zu verdanken habe ich es einem einzigen kleinen Video auf YouTube!

Mit Spannung erwarte ich, dass jemand einen ersten Kommentar unter mein Video schreibt. Ein paar Stunden später erscheint er auch schon: »Saudumm!«

Was bitte soll das denn heißen? Nicht, dass ich nicht umgehen könnte mit konstruktiver Kritik, aber »saudumm« ist eine Kritik ohne Inhalt und Substanz, zu allem Übel auch noch tierfeindlich.

Als ich am Nachmittag zum Supermarkt gehe, entdecke ich eine Frau, die mich feindselig mustert. Bestimmt ist sie diejenige, die den Kommentar unter mein Video geschrieben hat.

Plötzlich kommt mir ein furchtbarer Gedanke: Was, wenn weitere Menschen negative Kommentare unter mein Video schreiben? Und was, wenn der Rest der Welt diesen Kommentaren Glauben schenkt? Ich kaufe zwölf Packungen Schokokekse, fresse sie zu Hause in mich hinein und haue ein paar Mal meinen Kopf gegen die Wand.

Ein paar Tage später atme ich für einen kurzen Moment auf, denn unter meinem Video finde ich einen neuen Kommentar: »Die ist echt der Hammer, die Frau.«

Obwohl ich mich ein wenig als Werkzeug missbraucht fühle, macht sich ein angenehmes Gefühl in mir breit.

Doch leider folgen noch am selben Abend zwei weitere Kommentare: »Ich find's scheißblöd!« und »Voll der flache Humor«.

Meine Karriere war kurz und tragisch, mein Leben ist zerstört. Ich kaufe im Supermarkt 27 weitere Schokokeks-Packungen, verkleide mich jedoch vorher, so dass mich niemand erkennt.

Abends klingelt mein Nachbar an der Tür. Er würde gerne wissen, was da bei mir ständig gegen die Wand bollert. Froh, mich endlich aussprechen zu können, erzähle ich ihm meine traurige Geschichte, zeige ihm die Beulen am Kopf und die Kommentare im Internet. Schweigend guckt er mich an, nickt und legt seine Hand auf meine Schulter. Großzügig bietet er mir an, die Einkäufe für mich zu erledigen.

Am nächsten Tag lese ich auf web.de einen Artikel darüber, wie Britney Spears unter ihren Kritikern leidet. Etwas, was ich bisher für absolut unmöglich gehalten hätte, passiert: Ich fühle mich mit Britney Spears verbunden. Auf ihrer Webseite finde ich eine Mailadresse für Fanpost, und so schreibe ich ihr eine Nachricht:

»Liebe Britney,

ich bin eine bekannte Künstlerin aus Deutschland. Bestimmt hast du schon von mir und meinem Video gehört. Wie du leide auch ich an der oft sehr harschen und ungerechten Kritik der anderen. Öffentlich werde ich als »dumm« bezeichnet, obwohl ich definitiv nicht dumm bin. Sicher kannst du dir vorstellen, wie hart mich diese Kritik trifft, wo doch sogar dich diese Kritik treffen würde – einen Menschen also, der tatsächlich nicht so schlau ist. Vielleicht können wir uns ja mal irgendwann sehen und austauschen? Das würde mich sehr freuen. Alles Liebe, deine Sarah«

Wochen vergehen, Britney antwortet nicht. Auch mein Nachbar lässt sich inzwischen nicht mehr blicken; er sagte, er hätte Angst davor, mit mir gesehen zu werden.

Ich beschließe, wie Britney Spears meinen Schmerz in Alkohol zu ertränken. Im Kühlschrank finde ich einen Piccolosekt, trinke ihn vollständig aus und werfe noch zwei Mon Chéri hinterher. Dann falle ich ins Koma.

Als ich Tage später erwache, entdecke ich auf dem Anrufbeantworter, dass jemand versucht hat, mich zu erreichen. Endlich, ein Lebenszeichen der Außenwelt! Mit zitterndem Finger drücke ich den Knopf des Anruf-beantworters.

»Guten Tag, Frau Hakenberg, hier ist Christine Lärche vom Eichborn-Verlag. Ich würde gerne ein Buch mit Kurzgeschichten von Ihnen verlegen. Rufen Sie mich doch bitte mal zurück!«

Sofort rufe ich zurück und willige ein. Als ich danach frage, wie der Verlag auf mich aufmerksam geworden sei, erhalte ich eine verblüffende Antwort: »Aber Frau Hakenberg, natürlich wegen Ihres tollen Videos! Haben Sie denn noch gar nicht die vielen netten Kommentare gelesen?«

Tatsächlich steht jetzt unter meinem Video eine nicht enden wollende Reihe positiver Kommentare: »Der Text ist einfach nur geilo!«, »Ja. Find ich auch!«, »Die ist echt cool!«, »Kennt jemand ihre Telefonnummer? Ich will sie heiraten und Kinder von ihr!«, um nur ein paar wenige zu nennen.

Inzwischen bin ich mir nicht mehr sicher, ob ich die

letzten Tage wirklich im Koma lag oder nicht stattdessen diese Kommentare selbst geschrieben habe. Aber eigentlich ist das ja jetzt auch egal. Schließlich erscheint bald ein Buch von mir!

Jetzt muss ich es eigentlich nur noch schreiben. Kein Problem für mich, nur heute fühle ich mich ein bisschen zu erschöpft dazu. Aber morgen, jawohl, morgen fange ich damit an!

Fortsetzung auf Seite 13

WAS MAN NACHHER WiSSEN SOLLTE

Nachwort

Die Welt zerbröselt. Männer meckern, Frauen prügeln, manchmal auch umgekehrt. Tiere zerfleischen sich und Blumen verwelken. Und warum diese ganze Misere? Na klar, weil in dieser Welt zu wenig vorgelesen wird!

Die Geschichten in diesem Buch habe ich ursprünglich geschrieben, um sie euch auf der Bühne vorzulesen. Aber ihr könnt sie euch auch genauso gut selbst vorlesen. Hauptsache, wir lesen sie gemeinsam und kämpfen somit gegen alle Meckerer und Prügler dieser Welt! Natürlich könnten wir uns auch gegenseitig Günther Grass und Peter Handke vorlesen, ja, notfalls ginge das auch. Aber richtig glücklich würde das die Geschichten von Grass und Handke nicht machen. Sie bevorzugen nämlich, still gelesen und danach bedächtig ins Bücherregal zurückgeschoben zu werden. Dort stehen sie dann jahrzehntelang herum und freuen sich stolz vor sich hin.

Meine Geschichten hingegen sind von Natur aus sehr

extrovertiert und wollen ganz unbedingt vorgelesen werden. Im Bücherregal, eingequetscht zwischen wertvollen Sammelbänden von Grass und Handke, würden sie sich klein und unwohl fühlen. Stellt ihr sie dort ab, verbringt ihr schlaflose Nächte, weil sie nebenan unruhig werden und aufgeregt zu zappeln anfangen.

Ganz zu schweigen von ihrer Stauballergie! Spätestens nach ein paar Wochen würden sie ständig niesen und sich schnupfen.

Grass' und Handkes Geschichten sind ja bekannt für ihre Empfindlichkeit. Persönlich angegriffen und verletzt würden sie sich fühlen und schon hätten wir einen echten Bücherkrieg.

Um das zu verhindern, tragt ihr meine Geschichten am besten immer und überall mit euch herum; in euren Handtaschen, Rucksäcken und Jackentaschen.

Und wenn ihr dann in der U-Bahn sitzt, in der Arztpraxis wartet oder in der Schlange bei H&M – nehmt das Buch heraus, schlagt eine Geschichte auf und lest sie laut vor! Liegt ihr gerade auf eurem Sofa, könnt ihr sie auch eurer Katze oder eurer Palme vorlesen. Lest so laut ihr könnt, dass auch eure Nachbarn etwas davon haben.

Seid hemmungslos! Nehmt euch ein Herz und werft es zwischen eure Mitmenschen. Im besten Falle werden sie euch dankbar sein. Und wenn ihr die Geschichten so oft vorgelesen habt, dass ihr sie bereits auswendig könnt, schenkt das Buch einfach an jemanden weiter, der kein Geld hat, um es sich selbst zu kaufen.

Kämpfen wir gegen die Zerbröselung der Welt! Kämpfen wir für eine Vorlesewelt!

Liste meiner 206 Exfreunde und Exliebhaber

Natürlich konnten in diesem Buch nicht alle 206 Geschichten abgedruckt werden! Das Buch wäre schließlich viel zu schwer geworden.
Der Vollständigkeit halber werden hier jedoch in chronologischer Reihenfolge alle meine Exfreunde und Exliebhaber aufgeführt.

1.	Rudi, Schüler	11.	Michi, Schüler
2.	Andi, Schüler	12.	Andi, Schüler
3.	Andy, Schüler	13.	Florian, Schüler
4.	Stefan, Schüler	14.	Tobi, Schüler
5.	Basti, Schüler	15.	Janni, Schüler
6.	Andi, Schüler	16.	Timmi, Schüler
7.	Uli, Schüler	17.	Tommi, Schüler
8.	Stephan, Schüler	18.	Timo, Schüler
9.	Michi, Schüler	19.	Manni, Deutschlehrer
10.	Andreas, Schüler	20.	Jimmi, Schüler

21. Ronny, Schüler
22. Kai, Schüler
23. Klaus-Peter, Schüler
24. Dorian, Schüler
25. Anatol, Schüler
26. Marco, Schüler
27. Micha, Mathematik-Student
28. Ben, Schüler
29. Moses, Feuerwehrmann
30. Eddi, BWL-Student
31. Leo, Philophie-Student
32. Sven, Theaterwissen-schafts-Student
33. Christian, Dramatur-gie-Student
34. Harald, Maler
35. Georg, Spanisch-Student
36. Oskar, Violonist
37. Simon, Linguistik-Student
38. Horst, Türsteher
39. Norbert, Lastwagen-fahrer
40. Holger, Lastwagen-fahrer
41. Volker, Lastwagen-fahrer
42. Erwin, Schnarcher
43. Herbert, Sozial-pädagoge
44. Flocke, DJ
45. Fabian, Aktzeichner
46. Benni, Flötist
47. Robert, Rosenverkäufer
48. Horst-Peter, Kontra-bassist
49. Igor, Ultrakontrabassist
50. Bertram, Makler
51. Udo, Stabhochspringer
52. Hansi, Golfer
53. Karsten, Schauspieler im Gruselkabinett
54. Peter, Psychologe
55. Phillipp, Boxer
56. Sigi, Soziologe
57. Markus, Anarchist
58. David, Millionär
59. Harry, Komiker
60. Markus, Fußballspieler

61. Helmut, Tonassistent
62. Karl, Affe (nur nachts)
63. Klaus, Bauarbeiter
64. Tim, Ingenieur
65. Bert, Polizist
66. Jonas, Taschendieb
67. Linus, Mafia-Boss
68. Jan, Schachspieler
69. Tom, Urologe
70. Kim, Kabelträger
71. Ben, Beleuchter
72. Steffen, Kameramann
73. Marius, Regisseur
74. Bernd, Callboy
75. Nathan, Videokünstler
76. Alex, Stuntman
77. Günther, Geowissen-
    schaftler
78. Boris, Tennisspieler
79. Frieder, Bibliothekar
80. Leonhard, Englisch-
    Lehrer
81. Bert, Musik-Lehrer
82. Oliver, Schüler
83. Matthias, Philologe
84. Axel, Punk

85. Otto, Gynäkologe
86. Thorsten, Nacht-
    wächter
87. Mike, Rezeptionist
88. Sebastian, Koch
89. Gabriel, Hotelchef
90. Lars, Drucker
91. David, Erfinder
92. Rudolph, Filzstift-Her-
    steller
93. Nils, Finanzberater
94. Kerim, Bratschist
95. Albert, Hartz IV-
    Empfänger
96. Ludwig, Mitarbeiter im
    Arbeitsamt
97. Arne, Student an der
    Filmhochschule
98. Knut, Bassist
99. Karsten, Innenaus-
    statter
100. Baptist, Porno-
    Darsteller
101. Gert, Bildhauer
102. Lukas, Astronat
103. Christian, Putzmann

104. Friedrich, Bergbauer
105. Phil, Ballett-Tänzer
106. Dennis, Koch
107. Fabian, Dachdecker
108. Rainer, Profikiller
109. Piet, Seeräuber
110. Lars, S-Bahn-Kontrolleur
111. Wim, Gabelstapler-Fahrer
112. Kai, Unternehmensberater
113. Julian, Industrie-Kaufmann
114. Max, Polizist
115. Jochen, Praktikant
116. Patrick, Luftballonverkäufer
117. Uwe, Zoologe
118. Oliver, Architekt
119. Michel, Orgelbauer
120. Rasmus, Landstreicher
121. Markus, Entdecker
122. Robert, Buchbinder
123. Norman, Sinologe
124. Emil, Geldfälscher
125. Heiner, Taxifahrer
126. Sebastian, Gärtner
127. Sepp, Chemiker
128. Werner, Schlagzeuger
129. Elis, Klemptner
130. Florian, Pilot
131. Günther, Dramaturg
132. Matze, Theologe
133. Arthur, Englisch-Student
134. Hannes, Bio-Bauer
135. Henrick, Drogen-dealer
136. Jonathan, Kellner
137. Michi, Schriftsteller
138. Jasper, Klopapier-Designer
139. Magnus, Forstwirt
140. Bruno, Aktzeichner
141. Albert, Hausmann
142. Adam, Golf-Lehrer
143. Karsten, Müllmann
144. Bastian, Autobauer
145. Christoph, Radio-sprecher
146. Dirk, Kapitän